LONGUES PEINES

JEAN TEULÉ

LONGUES PEINES

ÉDITIONS JULLIARD

© 2001, Éditions Julliard, Paris.
ISBN : 978-2-266-17925-6

1.

— Je m'appelle Benoît et je suis gardien de prison. Avant, je bossais dans un métier que j'aimais bien : tourneur-fraiseur-ajusteur près de chez moi. Un métier superbien mais qui payait pas et puis avec un avenir hyperincertain. Donc, j'ai dit, je serai fonctionnaire. J'ai relevé à la mairie les concours qu'il pouvait y avoir de mon niveau et puis voilà... J'ai passé celui de la Police, j'en ai eu une partie. J'ai réussi celui de la Pénitentiaire, alors j'ai arrêté. Hop, basta, je suis parti à la prison, mais sinon...

Moi, si j'avais pu exercer un métier dans le sport, je l'aurais fait. Mais bon, faut quand même être balèze et puis il faut aussi un niveau intellectuel que je n'avais sûrement pas.

Ni les détenus ni les surveillants choisissent d'aller en prison. Depuis que je travaille ici, je n'ai pas rencontré un mec qui y soit entré par vocation. On ne peut pas y entrer par vocation, c'est impossible.

Donc, un vendredi de début juin, j'étais tourneur-fraiseur et, le lundi matin suivant, j'entrais à la maison d'arrêt avec un cœur gros comme ça qui battait comme je ne sais pas quoi. Quand la porte métallique de l'avenue s'est refermée derrière moi, j'ai eu un courant d'air qui m'a poussé dans le dos, je me suis dit : « Ouh ! »

Alors c'est vrai qu'ensuite, les grilles du quartier de détention qui s'ouvrent et se referment par des gâches électriques, la première fois, c'est impressionnant, franchement, c'est impressionnant. Pff, ça fait drôle. Tu avances, tu regardes et tu te dis : « Ah ouais, c'est ça, c'est le décor des films... » Oui, mais la vie n'y est pas la même parce que le romancé, c'est bien beau, mais bon, la réalité, c'est pas du tout la même chose.

Le mardi, au bout d'une demi-heure, seul sur la coursive, j'ai pensé : « Mais qu'est-ce que je fous là ? » Sur les trois nouveaux qui étions arrivés la veille, il y en a un, au bout d'une journée, il a dit : « Ah non, c'est pas mon truc. » Le troisième, c'était Cyril Cambusat. Il aurait mieux fait de partir lui aussi...

2.

Cyril Cambusat, vingt-trois ans, rectifiait sa tenue, neuve et bleu marine, un peu grande pour lui. Lors de la visite médicale précédant son embauche, il se rappelait avoir triché concernant sa taille sous la toise. Il s'était un tout petit peu dressé sur la plante des pieds afin d'obtenir la taille minimum requise : un mètre soixante-dix.

Mais là, la veste standard glissait tour à tour vers l'une ou l'autre de ses épaules tombantes. Le pantalon de Tergal, sans doublure adoucissante, lui irritait la peau des jambes. Souvent, il se grattait une cuisse ou les genoux alors sa casquette glissait sur un côté. À chaque fois, il devait la remettre bien en place au centre de son crâne et, dès lors, c'était l'encolure du pull qui le gênait. Il tirait dessus afin de laisser circuler davantage d'air autour de sa gorge. Les deux pointes du col de sa chemise bleu clair, par-dessus le pull, dominaient une bande blanche cousue dans la laine. Sur cette bande traversant horizontalement la poitrine, on pouvait lire en lettres autoritaires : ADMINISTRATION PÉNITENTIAIRE.

À son épaule gauche, sur un écusson de feutre, une balance de justice était brodée avec une étoile argentée au milieu. Selon les secousses de Cyril, la balance semblait pencher, tour à tour, d'un côté ou bien l'autre. En cette première journée, ses chaussures administratives noires lui blessaient les talons. Le soir même, il allait coller des pansements sur ses tendons d'Achille. Aucune barrette à ses épaulettes de surveillant stagiaire, il avançait ainsi, paraissant secoué de tics, de convulsions.

— L'uniforme ne vous va pas.

La voix qui avait dit cela était celle d'un homme en costume gris qui marchait devant lui. Il avait parlé sans se retourner – sa main, sur le mur, traînait.

— J'aime ce mur. Regardez tous ces coquillages fossilisés, incrustés. Ils ont chacun leur singularité et sont comme autant de secrets. Celui-ci a le mauve des âmes, celui-là a dérobé sa couleur au sang des cœurs…

Cyril observa la muraille d'enceinte en pierres du Tertiaire et trouva lui aussi que tel autre coquillage affectait des langueurs hypocrites en sa spirale profonde et que celui d'à côté avait contrefait la grâce d'une oreille.

— Que de délits ici, en ces alvéoles muraux ! reprit la voix. Et vous, quelle est votre faute ? Pourquoi venez-vous dans cette prison ? Voilà des questions que j'aimerais vous poser mais je ne le ferai pas. On a tous nos secrets, n'est-ce pas ? Mais enfin, vous, tout de même… Bac plus cinq !

En disant « Bac plus cinq », Denis Van der Beek, le directeur de cette maison d'arrêt, s'était retourné vers Cyril. Lorsqu'il avait appris le niveau d'études de ce nouveau surveillant, il eut envie de le rencontrer. Il était allé le chercher au mess du personnel avant qu'il ne prenne son service et lui avait proposé de l'accompagner dans sa promenade quotidienne afin de faire un peu connaissance. Il faisait beau.

Cyril, sur le trottoir, suivait le directeur, le long de la façade extérieure du mur d'enceinte de la prison. Trois rues disposées en triangle contournaient l'endroit carcéral et provincial.

Van der Beek, plus grand que Cyril, était mince et quasi chauve. Seule une couronne de cheveux courts, qui avaient dû être roux durant son adolescence, persistait au-dessus de la nuque et contournait les oreilles. Ses tempes grisonnaient déjà dans des teintes de métal oxydé. Pourtant le directeur était jeune : la quarantaine, à peine… De fines lunettes en écaille naturelle rajoutaient de la douceur à son visage régulier. Bouche fermée, il pouvait paraître strict comme le code civil mais, lorsque ses lèvres s'entrouvraient, elles semblaient prêtes à s'émerveiller sur tous les enchantements :

— Aimez-vous les images, Cyril ?

— Heu, oui, je crois.

— Regardez cet arbre.

C'était un cerisier sauvage qui avait poussé sur le trottoir. Le directeur avait insisté pour qu'on l'y laisse. Alors, au marteau-piqueur, les services de voirie l'avaient isolé du macadam puis entouré sa base d'un cercle en ciment, lui laissant, à l'intérieur, un îlot de terre taché de rouge : des cerises tombées.

— Tous ces fruits ont un point commun. Voyez-vous lequel ? demanda Van der Beek.

— Non.

— Ils sont pourris. Tous !

Cyril se pencha par-dessus le cercle de ciment, observa les cerises tombées dedans, en se grattant la cuisse.

— Pas celle-là, dit-il, prenant entre ses doigts une cerise d'aspect agréable.

— Ouvrez-la.

De ses ongles, le surveillant déchira la peau et la chair du fruit de Montmorency. Une infecte odeur d'ammoniac s'en dégagea aussitôt autour du noyau pourri jusqu'à l'amande.

— Ah ! fit le directeur, d'un air vainqueur. Pourquoi êtes-vous venu dans cette prison, Cambusat ?

— Et vous ?

Cyril fut surpris de son audace réflexe envers le supérieur. Van der Beek sourit et lui répondit, indulgent :

— Marié durant mes études de droit, ma femme espérait des enfants et moi, devenir juge. Et puis voilà, on ne choisit pas. J'ai commencé comme vous. Ça a aussi surpris les gens. Mais, grâce aux concours administratifs, j'ai vite grimpé les échelons : premier surveillant, surveillant principal, chef de quartier, de détention…, je suis devenu directeur en quelques années. Avec votre niveau d'études, peut-être suivrez-vous le même cursus et prendrez un jour ma place, ici. Et, dès lors, vous n'aurez plus à revêtir cet uniforme qui, décidément, ne vous va pas. Vous n'êtes pas fait pour passer votre existence dans cet habit. Je sais ça, moi. Je sens les choses. Je commence à avoir un rapport disons… sensuel avec la pénitentiaire. Mais allez, rentrons maintenant. J'ai du travail à mon bureau.

En disant cela, le directeur de la maison d'arrêt avait sorti d'une poche de sa veste une courte écharpe rose layette qu'il installa autour de son cou.

— Vous mettez une écharpe pour aller au bureau ?

— Oui.

L'écharpe à la teinte électrique détonnait de façon extravagante sur le costume gris et glissait. Le directeur, qui avait des difficultés à la nouer, marchait, essayant d'en coincer les extrémités dans le col de sa chemise.

— Elle n'est pas un peu petite ? demanda Cyril, se grattant le coude.

— C'est-à-dire qu'au départ, il n'était pas prévu d'en faire une écharpe.

— Ah bon ? s'étonna le surveillant. Et l'étiquette, là, c'est la marque ?

— Vous posez trop de questions, Cambusat.

— *Et c'est vrai que Cyril se posait trop de questions,* me dit Benoît. *Mais ça, c'est les études... À cause du chômage, on voit maintenant arriver des collègues bac plus deux, trois ! Et ça, c'est beaucoup trop. Dans ce métier, il ne faut pas être trop bœuf, mais il ne faut pas non plus être..., parce que, sinon, tu te poses trop de questions, tu cogites, et ça, c'est pas bon. Il ne faut pas que tu t'expliques continuellement pourquoi tu déplaces le papier, là sur le bureau. S'il faut le bouger et qu'on te paie pour ça, ben, tu le bouges, quoi !*

Sous un drapeau tricolore, le surveillant poussa une petite porte en acier bleu. Le directeur se pencha vers une oreille de Cyril et lui murmura :

— Dites-vous que vous entrez dans un rêve. Ici, tout n'est peut-être qu'un songe...

3.

Dans la cour d'honneur de la prison, un fourgon de police était garé sur les pavés. De ce panier à salade descendit un gros homme à grande chevelure bouclée noire. Pantalon marron en velours, bretelles de toile beige et les mains menottées dans le dos, il portait aussi une chemise à immenses carreaux jaunes, rouges, verts et bleus et des chaussures molles en daim.

Des mains de policiers le bousculèrent vers une petite porte vitrée de l'autre côté de la cour tandis qu'un surveillant principal (deux barrettes à ses épaulettes) consultait négligemment un dossier tendu par un autre policier.

Tête baissée, menton contre la poitrine, l'homme aux poignets entravés avait l'air d'un gentil clown, un ours en peluche, un jouet. Cyril ayant filé dans une autre direction, Van der Beek contourna, seul, le fourgon et suivit, lui aussi, le gros homme à la chemise multicolore.

Le directeur tourna la tête à gauche, fit un signe de la main à sa femme, là-bas, puis désigna, d'un doigt, la minuscule écharpe éclatante qu'il portait autour du cou.

Mathilde Van der Beek regardait vers son mari, assise sur les marches du perron de leur maison de fonction adossée au quartier de détention des hommes. Genoux serrés et coudes sur les cuisses, regard fixe, impossible de savoir si Mathilde observait le fourgon cellulaire, son mari ou l'homme à ventre très gros qui le précédait. Entre les ongles de sa main droite, elle faisait tournoyer un ourson en peluche de quelques centimètres. La peluche était douce. Sa main se referma dessus.

4.

La prison de cette ville historique ne figure sur aucun plan touristique. Les guides ne l'ont pas classée dans « vaut le détour » ni même mentionnée. Ici, la mairie et le cimetière, là, la poste, mais pas la prison (effacée ? oubliée ?), c'est à croire que l'endroit n'existe pas, qu'il est un fantasme.

Pourtant, il domine, culmine là-haut. Je l'ai vu, moi – narrateur de ce roman –, je l'ai vu au sommet d'une préfecture envahissant les pentes arrondies d'une colline solitaire au milieu des labours et non loin de la mer. Un fleuve foulard glisse sa léthargie en bas et contourne le mont le long de la voie de chemin de fer.

La première fois qu'en train j'ai découvert cette ville au loin, le soleil couchant l'attrapait dans sa lumière, teintait son galbe de rose, alors j'ai dit :

— On dirait un nichon posé sur la plaine.

Puis j'ai aperçu, à son sommet, une tache sombre qui se découpait, un château triste, un téton monstrueux.

Un non-lieu ?

— *Les prisons sont souvent d'anciens monastères ou des cloîtres recyclés. Ici, avant, c'était un couvent...*

17

Regardez un « A », le plan de la maison d'arrêt ressemble à ça. Les deux barres obliques sont les quartiers de détention. À gauche, celui des hommes, à droite, celui des femmes. La barre horizontale, c'est le bâtiment administratif. Au-dessus, la cour de promenade, en dessous, celle d'honneur et sa porte d'entrée.

Entrez !

Lisez ce qui va suivre. Ne doutez pas de l'incroyable. Ici fut sa maison le temps d'un été.

5.

— Je me souviens que lorsque Cyril était revenu de balade avec le directeur, il m'avait demandé : « Beaupré, est-ce que tu sais, toi, si "Simone" est une marque de vêtements ? – Pourquoi tu me demandes ça ? je lui avais répondu. Mais va vite à la promenade, les détenus t'attendent pour sortir. »

Souris, c'est l'été !

La cour de promenade est triangulaire et mesure sept mètres sur huit. Ici, les murs sont si hauts que le soleil n'y pénètre que quinze minutes par jour, deux semaines par an. Dès le printemps, il commence à descendre les étages, le long de la façade des femmes. Deuxième étage, premier… Au zénith de fin juin, il stoppe sa descente à un mètre soixante-dix du sol.

Alors tous les hommes s'adossent, alignés, au bâtiment des femmes.

Certains – les grands – ont tout le visage et la gorge ensoleillés jusqu'aux épaules, d'autres, seulement le front. Les plus petits se dressent sur la pointe des pieds pour attraper un peu de clarté dans les cheveux. Quelquefois, des grands prennent ceux-ci, de dos, sous les aisselles et les montent dans la lumière. Et tous sont ainsi, comme sur la plage, en villégiature.

Ils lézardent, immobiles, paupières baissées dans le quart d'heure de grâce accordé par le soleil. Ils savourent, silencieux, cette chaleur solaire posée à leur front et rêvent sans doute d'une caresse compréhensive de mère, de femme peut-être. Dans l'air iodé, le roulement lointain de l'océan.

— *Beaucoup de gens, ici, ne reverront jamais la mer.*

Cyril, blondinet frisotté à casquette à visière, les surveillait tous – une quinzaine. À midi, quand les pierres se reposent, que le monde est un sommeil d'insecte, une lavande au creux d'un mur enivre…

Regard très mobile et poils au menton, air de ludion et comédons au front, Cyril n'était pas joli, mais attachant. Son épaule gauche le démangea. Il tourna la tête et vit passer une chemise bariolée à travers le verre cathédrale de la fenêtre grillagée d'une porte donnant sur le quartier des hommes. Ce fut une vision rayonnante, furtive et roulante comme à l'intérieur d'un kaléidoscope.

6.

Au greffe, on avait démenotté le gros homme à chemise carreautée, pris ses papiers d'identité, son argent, ses bijoux. « Chaîne et chevalière couleur or », fut noté dans un cahier-registre à spirale. Mesuré, pesé (ouh là, là), on lui prit aussi ses empreintes digitales, tendit un chiffon :

— Ça essuiera le plus gros. Le reste partira avec le temps.

Ensuite, ce fut la fouille corporelle puis la remise du paquetage administratif : deux couvertures vertes, une paire de draps, des couverts, du dentifrice, d'autres produits de toilette et un manuel d'orientation de la prison avec son règlement intérieur.

— Votre numéro d'écrou est le 11227 A. Ne l'oubliez pas. Ici, il sera plus important que votre nom.

11227 A, paquetage sur les bras, franchit cinq grilles successives de six mètres de hauteur avant d'arriver au quartier de détention. Les gâches sifflèrent, claquèrent dans tous les sens. Il eut l'impression d'entrer dans un zoo.

Ça tenait aussi de la volière. Les grandes verrières diffusaient une vaste lumière de marécage. Deux étages de coursives eiffeliennes entouraient l'intérieur du bâtiment d'où descendaient des dédales rouges d'escaliers en fer aux marches antidérapantes. Au-dessus du rez-de-chaussée, un grand filet antisuicide poussiéreux et moisi traversait la détention. Il régnait ici une odeur d'humidité, un reflux des égouts. Des tuyauteries d'eau bruyantes passaient sous les planchers des coursives.

Le surveillant principal – Louis Bailhache –, qui avait accueilli le nouvel arrivant dans la cour d'honneur, poussa ce gros homme aux allures de clown docile vers une cellule ouverte du rez-de-chaussée : celle du coiffeur.

Barda sur les genoux, il s'assit sur une chaise, et le figaro, encagé lui-même, commença son ouvrage. De longues boucles soyeuses et noires tombèrent bientôt sur la chemise multicolore, l'envahirent tandis que le surveillant principal attendait à l'extérieur de la cellule.

Bailhache, la cinquantaine trapue, avait une face de navet. La peau de son visage rond était dure, épaisse, tendue et très blanche (toute une carrière à l'ombre). Il leva les yeux.

Le surveillant observa les alignements de portes bleues et closes des coursives lorsqu'il entendit : aïe ! La lame du rasoir à main avait dérapé et entaillé l'oreille du gros homme assis – 11227 A :

— Oh, pardonne-moi, vieux.

— C'est pas grave.

Le merlan maladroit badigeonna de mercurochrome l'entaille de l'oreille, mit du coton hydrophile, un pansement, et Bailhache entra dans la cellule chercher le nouvel arrivant tondu, le conduisit vers la petite porte au verre cathédrale donnant sur la cour de promenade, appela Cyril.

Celui-ci vint et referma la porte de la cour derrière lui. Bailhache mit ses doigts à son front et s'interrogea :

— Ah, Cambusat, que voulais-je vous dire déjà ?

Il réfléchit encore un temps puis continua : « Tant pis, ça me reviendra plus tard. » Et il monta vers les coursives.

7.

Quand Cyril revint dans la cour de promenade, le gros clown était étalé à terre. Face contre le macadam, bras et jambes en étoile, sa chemise rayonnait et son paquetage était dispersé. Les détenus tournaient autour de lui dans le sens inverse des aiguilles d'une montre comme s'ils avaient trouvé un nouveau soleil auquel se réchauffer – la tache de lumière sur le mur avait remonté.

— Que s'est-il passé ?

Cyril franchit la ronde des détenus, s'agenouilla, souleva la tête tondue et tuméfiée de l'homme, la prit dans ses bras, demanda aux autres qui tournaient autour :

— Mais que s'est-il passé, messieurs ?

Aucun ne répondit. Sourds, ils continuaient à tourner, muets, dans un mouvement perpétuel, écrasant du talon le dentifrice et autres produits de toilette du nouvel arrivant. La casquette de Cyril glissa et roula à terre. Les détenus marchèrent dessus aussi.

Leurs jambes circulaient mécaniquement et leurs mains grises pendaient le long des cuisses. Le cercle se resserra autour de Cyril, devint un trou noir... Le jeune surveillant prit peur, sortit un sifflet à bille de sa poche et siffla ! Il siffla, siffla à tue-tête, à tue-lèvres, désemparé sous le réseau de câbles de la cour empêchant les évasions par hélicoptère. Deux collègues arrivèrent très vite bientôt suivis par le bricard Bailhache qui constata et demanda à Cyril :

— Vous n'étiez pas là ou quoi ?

— Ben non, c'est...

— Ah, voilà ce que je voulais vous dire, Cambusat : on ne laisse jamais des détenus sans surveillance, jamais ! Votre métier, c'est surveillant, alors surveillez-les.

— Mais c'est...

— Ce qui lui est arrivé est de votre faute. Ce n'est pas ainsi que vous allez monter dans la hiérarchie, stagiaire..., continua-t-il d'un air mauvais.

Ses petits yeux noirs étaient deux taches de légume gâté. Cyril lui demanda :

— Qu'est-ce que je fais, maintenant ?

— Si vous êtes Popeye, emmenez-le sur votre dos jusqu'à sa cellule, sinon prenez un brancard. Il y a ici assez de bras pour le porter, que je sache.

Et il remonta sur la coursive. Sa gorge lumineuse et blanche de plante crucifère luisait dans la détention.

8.

Au deuxième étage du bâtiment administratif, la fenêtre du bureau du directeur donnait sur la cour d'honneur.

Près d'une patère vissée dans le mur, il souleva un rideau pour regarder, en bas, sa femme tricoter, assise sur une balançoire rouillée qui couinait près de leur maison de fonction.

Mathilde se balançait mécaniquement. Un magazine de tricot sur les genoux, chevilles croisées, elle comptait les mailles, tricotait à quatre aiguilles, tirait sur la laine bleue.

Denis Van der Beek aimait tant sa femme qu'à chaque fois qu'il la découvrait, il en avait les larmes aux yeux. Mathilde, se sentant observée, leva la tête. Denis, après s'être tourné vers la patère, agita devant le carreau un bout de son écharpe rose puis laissa retomber le rideau.

9.

Cyril, confus et déboussolé, se sentant responsable, était très réellement désolé :
— Pardonnez-moi, pardonnez-moi, monsieur.

Il tremblait comme une feuille de cerisier dans son uniforme bleu marine, son cœur battait violemment dans sa maigre cage thoracique. Les barreaux horizontaux de ses côtes semblaient prêts à exploser. Ses jambes se dérobaient à la hauteur des genoux. Il sentait que quelque chose de logique et important lui avait échappé.

Il tenait une main du gros homme couché sur le dos à même la toile écrue du brancard. Les affaires piétinées de celui-ci, rassemblées en un baluchon noué, étaient posées sur ses jambes. Sa lèvre inférieure enflait.

Deux détenus portaient les bras de la civière, les autres suivaient en file indienne. Ils passèrent devant le chêne clair des parloirs alignés et vitrés. Dans l'un d'eux, un type à profil de rongeur était face à son père en visite. Une petite table en Formica bleu les séparait. Le gars eut un regard distrait pour le gros clown sur le brancard puis il tourna la tête vers son géniteur :

— Je suis amoureux, papa.

— Non ? Même ici ? Mais quelle est la malheureuse ? Les trois dernières fois, on n'a jamais retrouvé les corps !

— C'est pas moi, je suis innocent.

— Jacky…

Le père à grosses moustaches grises regardait dans les yeux son enfant mal foutu comme s'il n'arrivait plus à le comprendre.

— Tu m'as apporté des affaires propres ? demanda Jacky. J'ai les sales.

— Tiens.

Ils échangèrent par-dessus la table deux paquets de vêtements préalablement contrôlés par le surveillant qui les observait dans un reflet vitré du parloir. Jacky caressa la pile de linge repassé :

— Tu embrasseras maman.

— La pauvre. Comme elle pleure… On ne peut plus l'arrêter, il faudrait l'endiguer. Et puis ces trois familles qui viennent régulièrement nous demander de te faire parler afin qu'elles puissent, un jour, enterrer leurs filles dignement.

Le père, sous Prozac, débitait sa litanie.

— Mais c'est pas moi ! s'exclama le fils.

— Où sont-elles ? insista le père.

— Qu'est-ce que j'en sais ? C'est pas moi.

— Tu as été jugé, Jacky.

— J'ai fait appel !

10.

Et c'est alors que le clown devint trapéziste ! Au premier étage, il fut jeté par-dessus la coursive. Les deux gars qui le portaient avaient renversé le brancard par-dessus la rambarde. Le gros homme tomba lourdement, trois mètres plus bas, dans le filet antisuicide, rebondit. Un nuage de poussière s'en éleva. Les cordages d'attache du filet de protection se tendirent. Bailhache aussi !

Sa gueule de navet s'ouvrit comme si elle avait été mordue par un porc. Au bout de l'alignement des portes bleues closes, il tapa des deux paumes sur la table devant laquelle il était assis, se leva dans la clarté d'un rayon de soleil provenant des verrières : « Ah, mais c'est pas vrai, ça ! » Il vint au pas de charge et désigna du doigt :

— Vous et vous, six jours de mitard.

— Mais bricard, c'est vous qui…, se défendit un brun.

— C'est moi qui quoi ? Rajoutez un mot et je double la peine.

— C'est un monde de dingues.

Un monde auquel Cyril, éberlué, les bras ballants, ne comprenait absolument rien. Des empreintes de semelles de baskets sur sa casquette défoncée, s'il avait déjà, accroché à sa ceinture, le passe des cellules, il n'avait pas encore la clé du fonctionnement des détenus, n'en connaissait pas les codes, ne les connaîtra jamais !

— Il avait fait des études de théologie et d'anglais. Il aurait mieux fait d'apprendre les mœurs des banlieues et le manouche.

11.

11227 A/POPINEAU PIERRE-MARIE… En lettres majuscules, Cyril avait écrit sur une étiquette le numéro d'écrou, nom et prénom du nouveau détenu de la cellule cent huit. Il glissa le bristol dans la troisième réglette d'un emplacement qui en comportait quatre, disposées verticalement à gauche de la porte de cette cellule. Au-dessus du patronyme du nouvel incarcéré, on pouvait déjà lire de haut en bas : 8112 A/KACZMAREK SERGUEÏ puis 6432 A/COUTANCES JACKY. La quatrième réglette était encore inoccupée.

Cyril finissait d'installer l'étiquette POPINEAU lorsque, précédant un surveillant, Jacky Coutances, de retour de parloir et linge repassé sur les bras, s'arrêta devant la porte cent huit.

Quand Coutances entra dans la cellule, il vit Serguéï Kaczmarek allongé sur le lit du bas à gauche tandis qu'un nouveau, tête rase rentrée dans les épaules, était assis sur le lit du bas à droite. Coutances passa entre eux deux, posa ses affaires près du gros.

C'était une cellule à deux fois deux lits superposés scellés dans les murs des côtés. Entre les lits, très haut, la fenêtre. Jacky Coutances prit une cuillère dans un bol puis grimpa sur la petite table entre les lits. Du manche de sa cuillère, il frappa contre un des barreaux de la fenêtre ouverte. Il avait des petits gestes de rat qu'il était. Trois coups brefs, un coup long où il faisait traîner la cuillère. Opération recommencée plusieurs fois, visiblement il cherchait à entrer en communication avec quelqu'un. Devant l'absence de réponse, il s'essaya de la voix qu'il assourdit comme il put :

— Elsa, tu es là ? T'es revenue ? Elsa, tu devais revenir aujourd'hui ! Elsa...

28

Le nouveau cocellulaire de la cent huit, assis sur le lit de droite, aurait dû être surpris par ce qu'il entendait, mais Pierre-Marie Popineau semblait indifférent à tout, même à sa lèvre tuméfiée, même à ses côtes fêlées...

Kaczmarek, beau grand mec blond et athlétique allongé sur le dos, doigts croisés sous la nuque, tourna la tête vers Popineau – soixante-deux ans :

— Bon, qu'on t'affranchisse tout de suite, vieux. Lui, à la fenêtre, il a sans doute coulé trois femmes dans le béton. Moi, j'ai rendu une fille hémiplégique et tué son mec à coups de poing la veille de leur mariage. Et toi ?

Apprenant les délits commis par ses jeunes cocellulaires, Popineau, effaré, a regardé vers la porte pour s'enfuir. Comme elle était close et sans serrure, il a tourné la tête vers la fenêtre. C'est alors que Kaczmarek découvrit le pansement à l'oreille gauche de Pierre-Marie :

— Ah, d'accord, c'est ça... Alors toi, ici, vieux, tu vas pas t'amuser...

Popineau s'en était aperçu. Arrivé il y a moins d'une heure, il s'était déjà fait trancher l'oreille, battre dans la cour et jeter par-dessus la rambarde des coursives.

— *Pourquoi, Benoît ?*
— *C'était un pédophile.*
— *Comment les détenus de la cour l'ont-ils su ?*
— *Son oreille... Quand plutôt que de conduire un nouvel incarcéré vers sa cellule, Bailhache l'amenait directement avec son paquetage chez le coiffeur, celui-ci n'avait pas besoin d'explications,*

29

il savait ce que ça voulait dire, ce qu'il devait faire. Il le marquait à l'oreille comme une bête destinée à l'abattoir. Et alors là, pour lui, la corrida pouvait commencer. Ça le dénonçait auprès des autres. Quelquefois, en ouvrant la porte de la cour et s'arrangeant pour que le nouvel arrivant se retrouve, un instant, seul avec les anciens, il leur murmurait aussi : « Voilà de la viande, cannibales... »

— *Pourquoi faisait-il ça ?*

— *Il disait que ça canalisait la violence de la prison et que, tout le temps que c'étaient eux qui morflaient, les surveillants étaient épargnés. Mais c'étaient pas tous les surveillants qui pensaient ça ni même tous les détenus. C'est pour ça que Popineau fut mis dans la cent huit... Un mec comme ça, tu le mets dans certaines cellules, une heure après, tu le ramasses à la pelle. Mais là, ses deux cocellulaires s'en foutaient, eux, ils avaient d'autres préoccupations.*

— Kling, kling, klang... Elsa, tu n'es toujours pas là ? Pourquoi tu n'es pas encore revenue ? Demain, peut-être ?

— Demain, j'espère qu'il y aura du courrier..., dit le grand blond.

Popineau, depuis son entrée dans la cellule, n'avait pas bougé ni même déballé le baluchon qu'il avait entre les chevilles. Une tache sombre envahit son pantalon en haut des cuisses puis coula vers les genoux. Son jeune voisin du bas le regarda :

— Tu pisses ?

Le rat à la fenêtre tourna son nez pointu :

— Et sur mon lit en plus ?

Plus tard, le jour déclinant et tous les néons de toutes les cellules s'allumant ensemble, Kaczmarek, toujours allongé sur le dos, renversa sa tête en arrière vers la fenêtre et dit :

— Encore une qui finit…

Le soir de sa première journée, Cyril, rentré chez lui, s'endormit, crevé.

— Et ça n'était que la première journée…

12.

— C'est un métier sans samedis ni dimanches, où l'on travaille le matin ou bien l'après-midi, parfois la nuit. Que je t'explique… Demain, je travaillerai de treize heures à vingt heures. Après-demain, ce sera pareil, encore l'après-midi mais, le jour d'après, je serai du matin (sept heures, treize heures) donc j'aurai mon après-midi de libre. En revanche, le soir, je retournerai à la prison et là, j'y serai de service ou d'astreinte (une nuit sur deux). Être d'astreinte veut dire que tu n'y travailleras pas, que tu pourras t'y reposer, dormir, mais qu'on viendra te chercher s'il y a du grabuge, du mouvement dans les quartiers. Les nuits d'astreinte, on a des chambres pour se détendre. Elles ressemblent à des cellules, mais sans les barreaux tout de même… Quatre jours de travail, une

journée et demie de repos qui tombe n'importe quand dans la semaine. Des vacances en deux périodes que tu ne choisis pas non plus. Par exemple, moi, cette année, j'étais en vacances en novembre. Juillet ou août, tu ne retrouves ça que tous les six ans... Tout comme les incarcérés, on apprend aussi à calculer en grandes distances.

— Qu'est-ce qui te plaît encore dans ce métier ?

— La retraite ! Au bout de vingt-cinq ans, tu peux partir...

— Vingt-cinq ans, c'est le temps d'une perpétuité, ça, Benoît.

— Oui... D'ailleurs, parfois des détenus nous le disent : « Ce qui me fait marrer, surveillant, c'est que, vous aussi, vous allez passer votre jeunesse en prison. »

13.

Kaczmarek s'étirait.

— Encore une qui commence...

Sous sa couverture verte, il fut réveillé par les cris feutrés de Jacky Coutances à la fenêtre :

— Elsa, Elsa, tu es là ?

Dans le lit surmontant celui de Jacky, Popineau se réveilla aussi mais il attendit avant de soulever ses paupières. Il espérait sortir d'un cauchemar, se réveiller chez lui. Il ouvrit les yeux. Et puis non, il était en prison... Il essaya de se souvenir. Avant-hier, il était allé à l'enterrement de sa femme. Dans une concession à perpétuité, il avait fait creuser un caveau à deux places. À la sortie du cimetière, deux policiers l'attendaient, lui ont demandé s'il voulait se changer, quitter son habit du dimanche, et puis voilà…

On entendait des bruits de grilles, des appels sur les coursives, le quartier de détention s'animait. Coup de louche lancé dans chacune des portes, un détenu employé au service général longeait les cellules et réveillait tout le monde : « Debout là-dedans ! » Il précédait de quelques mètres un surveillant suivi par un autre détenu qui poussait un chariot. Bruit de clé dans chacune des serrures et ouverture de chacune des portes, le surveillant, cochant les noms sur une feuille de papier, procéda à l'appel avant que ne soit servi le petit déjeuner de la cent huit :

— Kaczmarek !
— Présent.
— Coutances.
— Présent.
— Popineau. Popineau !
— Heu… Présent, monsieur.

Louche plongée dans l'un ou l'autre des deux grands bidons du chariot, chaque détenu venait, sur le pas de la porte ouverte, tendre son bol en Pyrex et prendre un morceau de baguette. Coutances vint puis Kaczmarek mais pas Popineau qui resta assis sur son lit.

— Ben, et vous ? demanda le surveillant.
— Mon bol est cassé.
— Faudra en commander un autre à la cantine.

Puis il referma la porte à clé. Kaczmarek but une gorgée de café puis tendit le reste à Popineau :

— Tiens, vieux. De toute façon il est infect.

— En ce qui concerne les autres repas, le déjeuner en cellule c'est à onze heures et demie, midi moins le quart. Et le soir, le dîner dans les maisons d'arrêt c'est comme dans les hôpitaux, c'est très tôt : six heures moins le quart. C'est de bonne heure, hein ? C'est tôt, franchement ça fait tôt.
— Benoît, leurs couteaux sont à bout rond ?
— Oui, et grands comme ça : dix centimètres, mais souvent les gars les aiguisent contre les murs parce qu'ils coupent que dalle. Ou alors ils fendent sur quatre centimètres un stylo Bic dans la longueur et glissent dedans une lame de rasoir. Ensuite, avec un briquet, ils font fondre le plastique sur la lame, et ça leur fait une arme, mais ça peut être aussi pour découper la viande. Nous, si on trouve un truc comme ça, c'est prohibé, et on le sort. Quant à leurs fourchettes, ils replient les deux dents extérieures, resserrent les deux dents intérieures et ça leur fait un pic. On appelle ça une lame, mais ça peut n'être qu'un bout de métal tiré d'un lit ou n'importe quoi que tu affûtes, que tu mets pointu. Ensuite, tu installes un manche et ça devient une arme. Parce que, quand les mecs veulent vraiment se défendre et tout... (Ça arrive qu'il y ait des règlements de comptes), les mecs sortent armés, quoi, pour se protéger. Parce que attention, c'est un monde de fous, c'est la loi du plus fort. À dix heures, c'est la douche.

14.

— Ne crie pas, c'est trop tard.

Dans la douche collective à six box ouverts et alignés, les surveillants n'assistent pas à la toilette des détenus. Ils attendent à l'extérieur, comptent huit minutes puis tapent contre la porte. Deux minutes pour se sécher et s'habiller, et aux six autres suivants !

— On est obligé de tenir ce rythme sinon on ne passe pas tout le monde, ou alors il n'y aura pas assez d'eau chaude pour les derniers.

Pierre-Marie s'était déshabillé devant des hommes plus jeunes que lui, plus vigoureux. Toute sa chair liée à la comparaison des autres se sentit profondément humiliée. Il se savonnait face au carrelage vert dans l'étouffante vapeur d'eau et la puanteur moisie lorsqu'il sentit une ombre dans son ombre :

— Ne crie pas, c'est trop tard.

Plaqué au mur et lame de rasoir au bout d'un Bic contre la gorge, les ténèbres battirent comme des tambours dans les oreilles de Pierre-Marie. Il ouvrit la bouche grande comme le pommeau de la douche.

Il rentra par les coursives, titubant, hagard et trempé dans ses vêtements qu'il avait dû enfiler avant de pouvoir s'essuyer. Lorsqu'il arriva dans la cent huit, Kaczmarek, assis sur son lit, s'interrogeait et lui demanda d'entrée :

— Est-ce que tu écris bien ?

— Si j'écris bien ?

— Oui, les lettres d'amour, précisa Kaczmarek, est-ce que tu sais les écrire ?

Drôle de question à poser à un type qui venait de se faire enculer par un inconnu. Popineau, prostré et assis, ne répondit rien. Au bout d'un temps, Kaczmarek regarda le pantalon de Pierre-Marie :

— Tu chies ?

Devant la fenêtre, Coutances, debout sur la table, se retourna :

— Ah, mais oui. Et encore sur mon lit en plus !

— Ça, c'est sûr que les mecs qui ont plongé pour avoir touché à des enfants, en prison, ils en bavent plus que les autres.

— Pourquoi, Benoît ?

— Sans doute parce que ça fait du bien de croire qu'il y a encore plus minable que soi. On les appelle les pointeurs, on dit aussi d'eux qu'ils sont tombés pour la carotte. Les Maghrébins et les braqueurs surtout sont sévères avec eux. Ils les utilisent comme exutoire sexuel. Ils leur servent de femmes.

— Et les femmes, à ce propos, mêlées à des viols d'enfants, on les appelle comment, elles, des pointeuses ?

— Une femme qui fait ça n'a pas de nom. Moi, je dis : un monstre.

15.

Les pieds nus, meurtris et en sang, Corinne Lemonnier remontait du mitard (la prison dans la prison). Le maximum de cette peine est quarante-cinq jours, elle s'en était pris vingt. Jugée DPS. (détenue particulièrement signalée), trois gardiennes l'accompagnaient au second étage.

Porte deux cent neuf, Corinne se retrouva, seule, dans la cellule. Sitôt la porte close et les pas des surveillantes éloignés, elle alla à la fenêtre, grimpa sur les tuyaux du chauffage et assourdit sa voix :

— Jacky...

16.

— Elsa ?

Dès qu'il avait entendu son prénom, Coutances avait sauté sur la table de la cellule, s'était accroché aux barreaux, dressé sur la pointe des pieds :

— Elsa ? C'est toi, chérie ?

— Oui, répondit Corinne.

La voix venait de l'autre côté de la cour de promenade, depuis une des fenêtres du bâtiment d'en face – le quartier des femmes.

— Ça n'a pas été trop dur ? lui demanda Jacky. Ça va ?

— Ça va. Et toi ?

— Non.

— Moi non plus, répondit Corinne

Il y eut une ponctuation de l'air au-dessus de la cour de promenade.

— Comment tu es, déjà, Jacky ? Dis-moi encore comment tu es, demanda Corinne.

— Comment je suis ?

Coutances se retourna et regarda Kaczmarek.

— Je suis grand, blond. Aujourd'hui, j'ai un jean usé et une chemise de trappeur bleue, dit le nain brun en complet gris debout sur la table.

Petite moustache s'agitant sous son nez pointu de fouine, il continua de se décrire ainsi : « Tous les jours, je soulève de la fonte pendant deux heures en salle de sport. » Il avait dit cela, regardant ses deux bras maigres pendus aux barreaux.

— Et tes yeux ? demanda la voix de l'autre côté de la cour.

Kaczmarek, allongé sur son lit, renversa la tête et ouvrit les siens en grand vers Coutances.

— Ils sont bleus, constata celui-ci.

— Et tes chaussures ?

— C'est des baskets avec dessus… un chat qui bondit.

— Ah oui, je vois. Et t'es bien dedans ?

— Si je suis bien ?

Kaczmarek tendit un bras et son pouce en l'air.

— Des vrais chaussons ! Mais j'entends du bruit, ce doit être le courrier, je te laisse. À ce soir, chérie.

— À ce soir, mon amour.

17.

— Oh, les meufs !

Corinne et Jacky s'étaient rencontrés un soir aux fenêtres. Corinne avait précédemment entendu deux surveillantes parler du délit de Coutances alors la Lemonnier avait espéré celui-ci de ce côté du quartier des hommes, en cette extrémité du bâtiment d'en face. Elle l'avait cherché de la voix aux fenêtres, trouvé :

— Jacky, c'est pas parce qu'on a connu des échecs en amour qu'il ne faut pas y croire encore !

Le triple meurtrier – Barbe-Bleue de province –, assis dans sa cellule, surpris, s'était levé et avait demandé :

— Qui dit ça ?

— Elsa.

Regardez encore la lettre « A » et les deux barres obliques des quartiers hommes et femmes qui se rejoignent. Les cellules cent huit (Q.H.) et deux cent neuf (Q.F.) sont situées presque à la jonction des deux bâtiments. Mais la cellule de Coutances était au premier étage et celle de la Lemonnier au deuxième, décalée à droite. Si bien que, ne pouvant bien sûr se pencher à l'extérieur (barreaux et grillage), il leur était à tous deux impossible de se voir. Depuis presque deux ans, ils vivaient, se criaient leur amour aux fenêtres sans s'être jamais vus.

18.

Le courrier était arrivé dans la cellule cent huit – juste une lettre pour Kaczmarek dont l'enveloppe avait déjà été ouverte au coupe-papier.

À l'intérieur, tamponné en rouge, le mot CENSURE indiquait que la lettre était passée par le contrôle. Aucune ligne de la missive n'avait été barrée ou recouverte de Tipex par le surveillant préposé, mais là… « CENSURE », ce tampon administratif et capital, baveux, cette imbécile tache rouge en travers, n'importe où sur les mots si joliment écrits, agaçait Kaczmarek. Ça lui gâchait son plaisir.

— Font chier, quand même, à lire mon courrier, eux !

Il râlait et pourtant, il n'aurait pas pu lire la lettre lui-même car Kaczmarek était illettré.

— Lis-la-moi, toi, dit-il à Coutances.

— Oh, tu m'emmerdes, répondit l'autre.

— Lis-la-moi ou je vais au grillage gueuler à ta poule que c'est moi que tu décris, que tu n'es pas du tout comme tu lui dis.

— Elle te croira pas. Elle m'aime.

— Tu paries ?

— Bon, fais voir ta lettre.

« Monsieur, »

40

Kaczmarek, allongé sur le dos et doigts croisés sous la tête, avait fermé ses yeux pour mieux savourer la lecture de son courrier. Il en aimait tous les mots, ça lui coulait dans le cœur, et appréciait que ce soit Coutances qui lise car, si son physique était ingrat, sa voix était mélodieuse.

Dans la lettre, ça parlait de fenêtres qu'ailleurs on ouvre en grand, c'était des phrases féminines de verveine apaisante. À d'autres moments, c'était plus affolant, ça disait : « Mes rideaux frémissent déjà, là où vous les froisserez un jour. » Ça se terminait par : « Monsieur, je vous attendrai toujours comme l'hiver attend la naissance des roses. »

Oh... Lettre lue, il y eut un long silence dans la cellule. « Je vous attendrai toujours comme l'hiver attend la naissance des roses... » Les trois hommes rêvèrent.

— Rends-moi ma lettre, c'est perso, dit le destinataire illettré tendant sa main vers le lit voisin.

Puis Kaczmarek la replia en quatre et la reglissa dans son enveloppe. Il respira celle-ci, promena ses narines dessus. Elle sentait la femme et le Shalimar, rien à voir avec l'odeur de peur et d'angoisse si prégnante et si entêtante des prisons.

Disposant verticalement l'ouverture de l'enveloppe contre son visage, appuyant dessus, dessous, celle-ci s'ouvrit et la feuille dedans aussi, comme les différentes lèvres successives d'un sexe féminin. Nom de Dieu d'orthodoxie, comme ça sentait bon la femme là-dedans !

Un avion long courrier passa très haut dans un grondement lointain suivi d'une trace régulière et blanche sur le ciel bleu. Kaczmarek renversa la tête en arrière et demanda à Popineau :

— Qu'est-ce qu'il écrit, lui ?

Le Hongrois s'assit sur son lit, fourra encore le nez dans sa lettre, leva les yeux vers Pierre-Marie et murmura dans l'enveloppe, de sa voix rauque :

— Tu sais, vieux, t'en fais pas trop, va. Finalement, la douche, ici, ça n'est que deux fois par semaine.

Popineau se recroquevilla contre l'angle de deux murs de la cellule. Bras entourant ses grosses jambes repliées, il tremblait. Kaczmarek reprit :

— Mais si tu écrivais bien les lettres d'amour, vieux, je pourrais peut-être demander l'autorisation de t'accompagner les jours de douche... Alors ?

— *La détention, c'est tout un arrangement.*

19.

Onze heures du mat, le directeur de la maison d'arrêt n'était toujours pas à son bureau. Mains dans le dos, il regardait, chez lui, deux ouvriers attaquer à la pioche le mur du fond de la deuxième chambre :

— Trois, ça ira ?

— Oui, fit sa femme Mathilde, les bras croisés à côté de lui. La troisième chambre, ce sera pour lorsqu'un des enfants ne sera pas sage.

— Bien sûr..., dit le mari.

42

La maison de fonction du directeur était adossée perpendiculairement au quartier des hommes. Passé le perron, trois pièces en enfilade : une salle à manger-salon, une chambre puis une deuxième, ensuite c'était le mur de détention. De l'autre côté, une cellule du rez-de-chaussée. Van der Beek l'avait fait vider.

— *Comme si on en avait de trop ! Ici, on était déjà à deux cent vingt pour cent de surbooking. On entassait les gens parfois jusqu'à six par cellule...*

Van der Beek avait réquisitionné la cellule afin qu'elle devienne une pièce supplémentaire de sa maison de fonction et là, il faisait creuser une porte. C'est pour cette raison que deux maçons incarcérés attaquaient à la pioche le mur de détention, essayant d'atteindre la cellule du rez-de-chaussée. L'un des deux déclara à l'autre :

— Putain, si on m'avait dit qu'un jour je creuserais un trou dans une prison dans ce sens-là, jamais je l'aurais cru !

Des éclats de gravats et des nuages de poussière envahirent l'atmosphère malgré les deux fenêtres ouvertes de chaque côté de la maison. Le directeur s'époussetant et sa femme toussant quittèrent la pièce. Sous la porte refermée derrière eux, ils roulèrent une serpillière trempée.

— Bon, ben, j'y vais, s'exclama Denis prenant son écharpe.

— N'oublie pas ça aussi, dit Mathilde.

Et elle lui tendit un bonnet en layette, en juin.

— Il est bleu, constata le mari sur le ton du reproche.

— Ben oui, il est bleu : « Christian »…

— Ah oui, Christian, dit l'époux compréhensif, enfilant son crâne chauve dans le bonnet, mais trouvant quand même que le rose et le bleu autour d'un costume gris… mais enfin, bon, il sortit ainsi dans la cour d'honneur, se retourna vers Mathilde qui, sur le perron, lui faisait au revoir de la main.

Des deux fenêtres ouvertes de chaque côté de la maison s'échappaient les nuages de poussière du chantier de la pièce du fond. La maison, vue d'ici, ressemblait à un drôle de visage. La porte ouverte était une bouche hurlante bien qu'on n'entendît rien. Toute sa colère sourde semblait fumer par ses oreilles…

Denis aima cette image. D'origine flamande, il avait un goût de Belge pour les illustrations simples et surréalistes. Magritte, par exemple, il appréciait. Il avait d'ailleurs un poster de cet artiste compatriote dans son bureau sombre. Mais là, il n'y alla pas, il se dirigea vers le quartier de détention des hommes. Sitôt passé la porte d'entrée, il rangea dans sa veste l'écharpe et le bonnet (étiquetés Simone et Christian).

20.

Cyril Cambusat avait repris son service en avance (il s'était un peu emmêlé dans les horaires). Il commençait à arpenter la coursive, soulevant l'un après l'autre l'œilleton de chacune des quarante portes numérotées de l'étage…

Ici, c'est comme dans les rues des villes : d'un côté du grand filet antisuicide, les numéros pairs et, de l'autre, les impairs. C'est aussi comme dans les hôtels : les centaines indiquent les étages. Cent huit par exemple se trouve au premier, deux cents et quelques, c'est au deuxième, à l'étage commun des mineurs et des « cols blancs » que sépare une haute grille.

Les cols blancs, appelés aussi VIP, sont les grands chefs d'entreprise ou élus locaux incarcérés pour malversations diverses, trafics d'influence, pots-de-vin, abus de biens sociaux, etc. Au premier étage, les numéros impairs sont réservés aux Maghrébins et aux Noirs.

— Il y a une telle surpopulation qu'il faut bien regrouper les gars mais on fait quand même attention à un tas de choses…, aux affinités, religion, dangerosité, etc.

— Sympa…

— C'est pas pour être sympa qu'on fait ça, c'est pour ne pas être emmerdé parce que, si tu colles ensemble un juif et un Arabe, ça ne va être que des soucis. L'un des deux finira étouffé dans un tapis de prière. Un Zaïrois et un Tunisien aussi ce sera explosif. Je ne sais pas pourquoi – eux non plus peut-être – mais, sitôt tu les rassembles, ça dégénère. Un gars du grand banditisme, par exemple, c'est impossible à mettre avec un pointeur.

Ceux-là, c'est souvent au rez-de-chaussée que se trouvent leurs cellules parce que ce sont les détenus qui travaillent le plus dans les prisons et que c'est pratique pour aller les chercher. Employés au service général et payés par l'administration pénitentiaire (pratiquement que dalle, mais payés), ce sont eux qui font la cuisine, tout.

— *Si tu t'approches d'un pointeur et que tu fais « bouh », le mec il recule parce qu'il a peur. Les pointeurs c'est ça, ici, parce que déjà, s'ils ont échappé aux griffes de Bailhache, ils ne peuvent que s'écraser. Alors, si tu leur demandes de travailler, ils travaillent. Ce sont des mielleux et aussi de bonnes balances. Ça, c'est des mecs qui parlent, c'est sûr et certain. Ils poussent les chariots, nettoient, balaient les coursives. Si c'est un pointeur, tu peux lui demander ce que tu veux, ça va être propre. Mais si tu demandes la même chose à un voleur, il va te répondre : « Ça va pas, quoi ! Je suis pas là pour nettoyer votre merde, moi ! » Les pointeurs s'inventent auprès des autres des délits qu'ils n'ont pas commis. Il n'y a pas plus menteur et affabulateur qu'un pointeur. Encore que... quand t'as les dires d'un détenu, en général, t'en prends un cinquième, tu le divises par deux et, dans ce qu'il te reste, t'es pas sûr qu'il n'y ait que la vérité... C'est des mecs, faut jamais les laisser te taper dans le dos parce qu'un jour, dans leur main, il y aura un couteau. Alors tu passes ta vie sur le qui-vive et, à force, c'est épuisant.*

Cyril n'en était pas là, il ne savait pas encore tout ça.

— *... Ne le saura jamais.*

Cyril soulevait des languettes d'œilleton et parfois était gêné de ce qu'il voyait : des mecs en train de chier !

— *Ça, c'est un truc qui, moi aussi, m'a choqué les premiers jours. Tu regardes à l'œilleton ou tu vas chercher un gars dans une cellule et tu imagines, toi, il est en train de trôner à vue des autres et de toi. Alors, tu refermes la porte et t'es emmerdé aussi. Tu ne sais plus quoi faire.*

Cyril, accoudé à la rambarde des coursives, trousseau de clés entre les mains, réfléchissait à ce problème. À travers le filet antisuicide, il vit en bas le directeur se diriger vers une cellule entre l'infirmerie et la bibliothèque – toutes les salles d'activité ou de sport, mêlées à des cellules, sont situées au rez-de-chaussée.

Denis Van der Beek entra dans la vingt-quatre qu'il avait fait vider. Au fond, dans un martèlement assourdi, le mur vibrait et sa peinture s'écaillait déjà. Le directeur sortit et dit à un surveillant, désignant la porte de cette cellule : « N'oubliez pas de toujours la laisser fermée, hein, pas de blagues ! Il ne faudrait pas non plus que tout le monde s'évade en passant par chez moi... » Et il monta vers les coursives, passa sans le saluer devant Bailhache immobile et suant au pied du second escalier menant à l'étage des mineurs... Sur le plancher des cellules numérotées de cent à cent quarante, Denis Van der Beek fut surpris de voir çà et là quelques feuilles de papier à moitié glissées sous des portes :

— C'est quoi ?

— C'est moi.

Cyril venait de faire le tour des cellules, avait proposé partout que, lorsque les hommes allaient aux toilettes, ils n'avaient qu'à dorénavant glisser sous la porte une feuille sur laquelle ils écriraient W-C afin de respecter tout de même un peu leur intimité corporelle.

— Joli réflexe ! l'avait félicité le directeur ravi de cette initiative. Une idée de surveillant principal... Pas vrai, Bailhache ? continua-t-il, souriant là-bas au responsable de l'étage qu'il n'aimait pas.

— C'est vrai que c'était une bonne idée et que c'est Cambusat qui l'a eue. Cette idée s'est ensuite étendue à d'autres prisons. Les détenus transférés avaient raconté comment on faisait ici. L'initiative avait fait son chemin, et c'est à Cambusat seul qu'on doit ça.

Voulant rejoindre le bâtiment administratif, Van der Beek, remettant son bonnet et son écharpe, passa à nouveau devant Bailhache au pied de l'escalier et lui lança :

— Pas une marche de plus, hein, tête de navet ! Pas une marche de plus, sinon... la fessée !

— *Pourquoi il lui a dit ça, Benoît ?*

— *Bailhache avait eu, il y a quelques années, des problèmes avec des mineurs. Des gosses de quatorze ans s'étaient plaints de ses visites dans les cellules, la nuit. Rien n'avait été prouvé, mais il y avait de gros doutes. Alors il était maintenant interdit de quartier de mineurs. Et, souvent, il regardait leurs portes en bavant.*

— *Bailhache ? Celui qui faisait massacrer les pointeurs ?*

21.

Fin d'après-midi, Sergueï Kaczmarek rentrait de salle de musculation. Cheveux trempés peignés en arrière, le blond baraqué originaire d'Europe de l'Est était passé par la douche avant de rejoindre sa cellule.

— *Les gars qui font du sport ont droit à une douche supplémentaire. Certains soulèvent de la fonte uniquement pour pouvoir se laver plus souvent.*

Dans la cent huit, Sergueï, posant savonnette et shampooing sur la tablette du lavabo près de la cuvette des toilettes, dit à Popineau :

— Demain, c'est ton tour. Espérons que tu ne te feras pas encore reluire...

Pierre-Marie, toujours assis à l'angle des deux murs de sa couchette, bras entourant ses jambes repliées, ne décolla pas son gros menton des genoux et demanda :

— Comment s'appelle-t-elle ?

— Anne Colas-Roquet.

« Chère Anne,

Si vous saviez comme je regrette aujourd'hui ce qui s'est passé. Pardon, pardon deux fois… »

Stylo plume à la main, Popineau avait écrit à Anne, mais avait pensé à sa femme récemment défunte. Et c'est surtout sans doute à elle qu'il avait écrit *post mortem*. Kaczmarek, l'ignorant, ne comprit pas la nécessité de certaines expressions de la lettre. Il interrompit Coutances et la lecture de la missive à chère Anne :

— Pardon deux fois ? Pourquoi deux fois ?

Popineau ne répondit pas.

— Reprends, dit Sergueï à Jacky.

Coutances reprit, de sa voix de faux cul, la lecture de la lettre jusqu'à : « Ô vous que je ne verrai plus jamais. »

— Pourquoi tu lui dis ça ? s'énerva le Hongrois. Enlève-le. Bien sûr que je la verrai. T'es con, vieux, ou quoi ?

Coutances leva un bras et tendit la lettre à Popineau. Celui-ci fit la modification puis baissa la lettre vers Jacky. Kaczmarek, qui suivait le manège, demanda à Coutances :

— Il l'a vraiment enlevé ? Regarde.

— Oui, il l'a barré.

— Bon, ben alors, toi, le rat, tu peux appeler ta poule à la fenêtre et dire que tu reviens de la douche. T'étais en forme aujourd'hui. T'as soulevé, sans trembler, des trucs de plus de cent kilos…

— Cent kilos ? s'étonna bientôt une voix féminine à la fenêtre. Tu es fort, Jacky !

Un peu plus tard, le soir venant, Kaczmarek renversa sa tête en arrière et dit :

— Encore une qui finit…

22.

Encore une qui commence, encore une qui finit, encore une qui, encore une… Trois jours plus tard, Kaczmarek reçut une nouvelle lettre encore décachetée et tamponnée de cette tache rouge, imbécile et insupportable : CENSURE.

— Je n'arriverai jamais à m'y faire.

« Monsieur,
Je reconnais l'utilisation du stylo à plume que je vous ai adressé à la maison d'arrêt au Noël dernier, mais votre écriture a changé (elle est devenue… plus ronde disons) et soudain vous semblez bien triste… Quelle est cette nouvelle douleur qui vous afflige ? Ne vous sentez pas obligé de me répondre. On a tous droit à nos secrets. Qu'au moins, il nous reste cela, à vous, à moi, à tous, je crois. Dans votre dernière lettre, c'est comme si vous veniez de tomber dans un

trou, d'où ma réponse par retour du courrier. Et cette ligne barrée… Ça m'a tellement émue. Vous êtes double. J'aime.

Anne Colas-Roquet »

Lorsque Coutances eut replié la lettre, on n'entendit plus que le vrombissement murmuré du plafonnier.

— Quand c'est toi qui prends le stylo plume, dit Kaczmarek à Popineau, elle m'aime davantage. Doré-navant, c'est toujours toi qui lui écriras.

— Ouf, fit Coutances, et il alluma la télé.

Les deux autres s'allongèrent et regardèrent aussi un reportage sur les poules d'eau du marais poitevin ordinairement programmé la nuit.

23.

De l'autre côté de la cour, dans le bâtiment des femmes, cellule deux cent neuf, Corinne Lemonnier ne regardait pas la télé. Allongée à plat ventre sur son lit, elle dessinait.

Jambes croisées et plantes des pieds ensanglantées par vingt jours sans chaussures sur la terre battue et moisie du mitard, un caleçon moulant gris en coton accentuait la maigreur de ses courtes jambes et son gros cul. Une vaste chemise mauve blousait et dissi-mulait ses hanches pleines et ses épaules étroites. De très longs cheveux châtain-roux pendaient de chaque côté de son minuscule visage grêlé de taches de rousseur. Pas vilaine de figure, ses yeux bleus très pâles parfois se figeaient et devenaient soudain extraordinairement inquiétants.

Mais là, elle dessinait ! Elle dessinait sur une feuille de papier les Spice Girls, une hirondelle envolée et des petits cœurs. Elle avait aussi découpé dans une revue des photos de chanteurs et des paroles qu'elle faisait adhérer à la feuille grâce à un bâtonnet de colle. En spirale, contournant les dessins et les découpages, elle écrivit : « Tata vous aime, vous le savez et elle ne vous fera jamais de mal. »

Elle écrivait à ses neveux et nièces. Après ce qu'elle leur avait fait...

24.

À l'œilleton de la porte, Corinne était observée par une surveillante.

Massive et des jambes poteaux dans le pantalon de son uniforme bleu, cheveux noirs crépus et la peau très mate, la surveillante était jeune. Plus jeune encore, elle avait été championne locale de lancer du marteau.

Sa poignée de main est puissante, elle a une 4 L bleue dont on ressort plein de poils de chien et habite une HLM Elle s'appelle Agnès Leduc. Tout comme Benoît Beaupré, je l'ai rencontrée. Elle m'a parlé aussi, notamment de Corinne Lemonnier. Elle ne l'aimait pas.

25.

En revanche, la surveillante Leduc ne détestait pas Nadège Desîles, métisse de père antillais et mère kabyle, qui arrivait elle aussi à la cellule deux cent neuf.

Cette mère de trente-deux ans revenait du parloir, avait subi, à l'entrée et à la sortie, la fouille systématique, nue, où l'on avait aussi secoué ses vêtements.

Au parloir, un enfant de onze ans, avec une joue ronde – un abcès dentaire, une chique ? –, l'avait attendue.

— Bonjour, maman.

— Bonjour, Paul.

Nadège, devant l'éducatrice, embrassa son fils aîné sur la bouche, le regarda quelques instants puis tapa contre la porte vitrée pour demander un verre d'eau à la surveillante des parloirs. En finissant de déglutir le liquide rafraîchissant, elle demanda : « Pourquoi tu n'amènes jamais ton frère Martin ? »

— *Elle l'avait tué.*

Retournée dans la cellule, genoux à terre, elle toussa, hoqueta puis vomit sur le sol… Le chagrin ?

Agnès Leduc, pudiquement, baissa la languette d'acier de l'œilleton.

26.

La métisse avait, sur le mur à côté de son lit, des photos de son fils aîné et du bébé Martin photographié dans ses bras à la maternité.

— *Les femmes qui sont là,* me dit Agnès Leduc, *ont souvent des photos de leurs gamins dans la cellule, même des enfants qu'elles ont tués. Il y a des fois des trucs qui nous percutent, nous, les surveillantes. On a des sentiments aussi et, quand on voit des femmes qui ont tabassé leurs enfants et qu'il y en a qui sont morts et qu'elles ont les photos des enfants affichés en grand dans leurs cellules, nous, ça nous fait drôle.*

Nadège, qui, couchée sur le dos, regardait les photos, s'assit brutalement, ouvrit des yeux immenses vers dehors et dit :
— Henri ?
Corinne Lemonnier, à plat ventre et coloriant ses dessins, regarda sa voisine de lit puis observa la fenêtre et ses barreaux, se demandant où était Henri.

27.

L'histoire de Nadège Desîles est celle d'une sage-femme qui s'était retrouvée enceinte pour la seconde fois. Après son accouchement, son mari, en se tordant les doigts, était venu lui parler. Retour de maternité, elle avait erré dans leur minuscule appartement situé au sixième étage d'un immeuble. Son fils aîné était à l'école. Alors, le nourrisson dans les bras, elle alla dans la cuisine et le jeta dans le vide-ordures puis retourna dans le salon regarder la télé.

Au juge d'instruction sidéré, qui la sommait de s'expliquer, elle avait déclaré sans se démonter : « Pas de travail à la maison ! »

— La sage-femme était devenue pauvre femme et immense baby-blues.

Incarcérée, un an et demi plus tard : le jour de son procès, à la surveillante Leduc qui l'accompagnait vers un fourgon de police et lui souhaitait bonne chance aux assises, elle n'avait rien répondu.

Au palais de justice, sous la charpente monumentale en bois de châtaignier où les araignées répugnent à tisser leur toile, pendant que des témoins à décharge, psychiatres, procureur et avocat s'exprimaient, Nadège Desîles observait la variété des sculptures de chapiteaux entourant la salle. Elle regardait tous les petits personnages dorés, accroupis et sculptés dans le bois. Leurs têtes étaient hirsutes ou leurs masques grotesques. Nadège, pupilles dilatées, chercha parmi eux et le public de la salle un visage précis. Ne le découvrant pas, au moment du verdict, elle eut les larmes aux yeux.

Circonstances très atténuantes, le jury populaire avait été clément, et le proc, pas excessif du tout. La juge en soupirant avait conclu par : « Et donc, voilà, madame… »

— *Cinq ans. C'est-à-dire qu'elle allait faire deux ans et demi, à peine, pour meurtre. Et moi, j'apprécie quand la justice est compréhensive comme ça. À déduire aussi son année et demie de préventive, si bien qu'elle n'avait plus longtemps à attendre sa levée d'écrou (le rapport du personnel de surveillance y avait été très favorable). C'était une femme qui travaillait au service général, à la lingerie. À peu de l'heure, elle ne gagnait pas beaucoup par mois, envoyait une partie de l'argent à son fils et gardait le reste pour cantiner (commander des produits d'hygiène et, par exemple, du sucre à des prix prohibitifs dans la boutique de la prison). Si elle avait été seule dans sa cellule, on aurait pu laisser la porte ouverte, elle n'aurait rien fait. J'en étais certaine. Sa gravissime faute était juste une expression de son malheur, rien de vicieux ni crapuleux comme dans le délit de sa codétenue…*

Le mari de Nadège s'appelait Henri.

28.

— *Le maximum de femmes qu'on peut accueillir ici, c'est trente-six, et déjà c'est ingérable. C'est trop petit. Il n'y a qu'une salle d'activité où elles sont toutes dedans. Une grande partie du QF est consacrée aux cuisines, lingerie, buanderie, économat... Alors toutes les femmes, en bout du bâtiment, sont au minimum doublées ou triplées par cellule.*

Les délits chez les femmes sont souvent, souvent... surtout dans une petite maison d'arrêt comme ici, on est à la campagne... Les délits qu'on a, c'est souvent de la criminelle. Très peu de vols, vols à l'arraché, vols avec agression. Même « trafic de drogue », c'est pas souvent qu'on a ça. On a d'ailleurs l'impression que les juges ont du mal à incarcérer les femmes pour des vols ou choses comme ça. La plupart du temps, quand elles arrivent ici, c'est vraiment qu'elles ont été averties dix fois et que, dix fois, elles n'ont pas compris.

Les crimes de femmes, c'est souvent des maris ou des amants avec qui elles avaient des relations conflictuelles noyées dans l'alcool et puis, un jour de grosse alcoolémie, la colère est montée chez la femme et, pour répondre à la violence physique de l'homme, ç'a été un couteau, une bûche et ç'a été le coup violent qui a tué la personne.

Toutes les victimes des femmes qu'on a là, c'étaient des amants, des maris ou des enfants, des crimes passionnels, des actes de ras-le-bol. Et comme souvent, c'est des femmes qui viennent de la campagne, on a l'impression de plus faire du social que de la répression.

Ce sont des femmes qui ne sont pas réfractaires à l'autorité. Au contraire, c'est des femmes qui ont toujours été guidées, dirigées en général par un mari violent et donc qui sont incapables de se gérer et donc, en fait, quand elles arrivent en prison, elles ne sont pas mal. Elles sont bien parce qu'on leur dit quand se lever, se laver, quand manger et, en fait, vous les posez à un endroit, vous leurs dites de rester là et, pendant une heure, elles vont rester là.

Mais pas la Lemonnier…

— *Elles ont toujours été tellement soumises que, dès que vous arrivez en élevant la voix, elles se tassent complètement.*

Mais pas la Lemonnier…

— *Leur délit, elles ne le portent pas sur le visage et, comme ce sont des femmes qui se comportent normalement dans la prison, on se comporte normalement avec elles comme si c'étaient des gens comme les autres. Même une femme qui a tabassé ses gamins et que c'est pour ça qu'elle est en prison, le jour où il lui arrive une tuile, on n'a pas vraiment de compassion, mais on ne va pas lui dire : « Bien fait pour vous, de toute façon vous n'avez qu'à voir le délit que vous avez commis… » Non, on dit : « On est désolé pour vous… » On arrive à rester neutre devant leurs fautes.*

Mais pas la Lemonnier…

— Souvent, quand les enfants ont parlé, elles leur en veulent parce que, pour elles, dans leur tête, elles ne sont pas coupables, elles n'ont rien fait. Et pour elles, n'avoir rien fait, c'est : « Moi, je ne l'ai pas touché, rien dit » alors qu'en fait, justement c'est ce qu'on leur reproche, n'avoir pas parlé, ne pas avoir agi ou dénoncé le mari. Même si elles ont vu, elles n'ont pas voulu voir et pourquoi ? Parce qu'elles ont souvent été frappées elles-mêmes et qu'elles avaient peur. Souvent, c'est parce qu'elles avaient peur.

Mais pas la Lemonnier…

29.

Agnès Leduc s'emballe :

— La Lemonnier Corinne avait tous les défauts réunis. Elle était là depuis vingt-huit mois et avait déjà pris trois fois vingt jours de mitard. C'était quelqu'un de méchant mise en quarantaine par les

autres, une langue de vipère détraquée et per-
verse. Les autres détenues voulaient soit lui taper
dessus ou bien elles en avaient peur. Elle était
menteuse comme un arracheur de dents. Elle nous
aboyait dessus : « De toute façon, je fais ce que je
veux et c'est pas vous qui allez m'empêcher quoi
que ce soit ! » Elle avait mordu la chef de déten-
tion. Elle nous cassait les pieds tout le temps et ne
savait vivre que dans le conflit. Des yeux fous à
l'affût de tout pour voir tout ce qu'elle pouvait
manipuler. Fallait pas lui laisser ça. Le moindre
truc avec elle prenait des proportions... Elle
n'expliquait pas son délit, c'était comme ça et
nous, on était des connasses et des enculées. Elle
était épuisante.

De l'autre côté de la cour, Jacky Coutances, lui,
aimait bien Lemonnier, mais il faut dire qu'il ne
savait rien d'elle ! Ni son délit ou vrai prénom, ni
même à quoi elle ressemblait, ce qui arrange bien des
choses...

30.

... Il ne connaissait d'elle que sa voix et là, il
l'écoutait, lui parlait à la fenêtre à travers les barreaux
et le grillage :
— Aimerais-tu visiter la Hongrie, Elsa ?
— La Hongrie ?

— Oui. Lorsque tout cela sera fini, est-ce que tu ne voudrais pas qu'on aille un peu se reposer en Hongrie ?

Il lui parla de ce pays comme Kaczmarek le lui avait décrit. Corinne se hissa pour répondre « oui » quand sa cocellulaire hurla « non » :

— Touche pas à Henri !

Les mains suspendues à deux des cinq barreaux de la fenêtre, Corinne se retourna vers la métisse. Celle-ci se leva de son lit, les yeux exorbités, et s'approcha de la fenêtre :

— Retire ta main droite…

Corinne descendit du tabouret sur lequel elle avait grimpé et regarda sa paume droite, se demandant ce qu'il s'était passé. Puis ce fut Nadège qui se jucha sur le siège sans dossier et entoura, de ses bras, le troisième barreau en partant de la gauche :

— Oh, Henri…

Ses mains glissèrent, remontèrent verticalement le long de la barre de métal noir :

— Mon chéri ! Tu es revenu. Tu regrettes ce que tu m'as dit à la maternité. Tu ne veux plus me quitter. Mais si tu savais ce que j'ai fait, moi, quand t'étais pas là… Tu te rappelles ce bébé ? Eh bien… Mais tu m'as retrouvée alors je suis heureuse… mon amour !

Nadège parlait au troisième barreau, l'appelait Henri, chéri ou mon amour. Corinne, ébahie, s'en assit sur son lit :

— Elle est dingue ?

Tandis que de l'autre côté de la cour, une voix appelait : « Elsa ? Elsa ? Ben, t'es passée où, Elsa ? », la métisse frôlait de ses lèvres le troisième barreau :

— Personne ne pourra plus nous séparer, te toucher, même pas la monstre, là.

— Elle est dingue !

La poitrine de Corinne se gonfla. La Lemonnier se leva du lit :

— Attends, Desîles, maintenant tu parles différemment de moi sinon je te démonte la gueule. Moi, je suis pas la paysanne dont tu parles. J'ai de l'éducation, alors ta grande gueule tu vas la fermer… Et puis d'abord, descends de ce tabouret sinon je te fous par terre.

Corinne en était là de ses menaces lorsque la porte de la cellule s'ouvrit et qu'entra une troisième femme…

31.

Au quartier des hommes, Kaczmarek suivait Popineau en râlant sur la coursive. Retour de douche, Sergueï n'était pas content de Pierre-Marie, le lui disait à son oreille tuméfiée :

— Faudra que tu recommences ta lettre.

— Encore ? Mais c'est la troisième fois aujourd'hui, se plaignit le pointeur.

— Et alors ? reprit l'illettré. Tu as vu les conneries que tu lui écris aussi… Pourquoi tu l'appelles « ma vieille » ? Et pourquoi tu lui parles de son « pauvre cœur malade » ? Qu'est-ce que tu connais de son âge et de sa santé ? Moi, je suis sûr qu'elle est jeune et en pleine forme. C'est n'importe quoi ce que tu lui écris. D'ailleurs, ta prochaine lettre commencera par : « Chère Anne, quel est votre âge et comment ça va ? » Tu rajouteras aussi : « Quelle est la couleur de vos cheveux ? » Pour le reste, tu broderas. Mais attention ! T'es en train de lui écrire moins bien que Coutances écrivait, alors fais gaffe !

Kaczmarek, dents serrées, agitait un index devant le nez de Popineau. Les autres détenus se tenaient à distance respectueuse du Hongrois.

— Je fais ce que je peux, dit Pierre-Marie dans sa chemise de clown.

— Eh bien, fais mieux parce que sinon, maintenant, tu pourrais bien aller à la douche tout seul... Je ne vais pas passer mon temps à me laver pour un mec qui ne sait pas écrire les lettres d'amour, moi !

— Bon, d'accord..., fit Popineau entrant dans la cent huit suivi par Kaczmarek.

Cyril Cambusat, lui, quittait l'infirmerie du rez-de-chaussée et commençait à gravir les marches d'un escalier rouge menant aux coursives. Il accompagnait un type de vingt-deux, vingt-trois ans qu'il ne connaissait pas, n'avait jamais vu en promenade.

Et pour cause... Celui-ci venait d'être incarcéré et avait passé deux jours dans une cellule d'attente en attendant qu'on sache où l'affecter. Sur son dossier, un psychologue avait noté : « Ne pas laisser longtemps seul. » C'était un jeune homme d'apparence absolument normale. Cyril eut l'impression étrange qu'il aurait pu être lui.

Ce n'était pas un de ces tatoués en débardeur qui faisaient si peur à Cyril sur les coursives... un de ces crânes rasés envahis de tatouages jusque sur les paupières et qui se gonflent de la poitrine pour impressionner les nouveaux surveillants qu'ils repèrent très vite à leurs costumes tout frais, tout bien plissés.

Il y avait ici des gars... Les anciens surveillants les invectivaient, en rigolaient entre eux : « Et celui-là, regarde ça, un dessin animé ambulant. Hé, tu travailles chez Disney ? » C'était toujours des tatouages de merde, des tatouages mal faits.

Le jeune homme qu'accompagnait Cyril n'était pas du tout ainsi. Cambusat le considéra immédiatement comme un ami, le trouva sympathique. En fait, il était aussi sous calmants (mélange liquide de Tranxène et Valium) pris à l'infirmerie.

— Ça va ? lui demanda Cyril, arrivant sur la coursive.

— Ouais, à peu près, répondit l'autre ayant du mal à marcher.

— Vous êtes là pour longtemps ? C'est grave ou bien ?

— Ben ouais, j'ai tué mon gamin.

Trois hommes croisés se retournèrent puis se regardèrent. Ils avaient tous les trois des têtes de portraits-robots. Benoît Beaupré s'en souvient. D'ailleurs, il me dit :

— En entendant ce que Cambusat avait demandé au gars et ce que l'autre lui avait répondu, j'ai tout de suite senti que Cyril avait fait une connerie... Dans ce métier, faut avoir un instinct, et tu l'as ou tu l'as pas. Ça s'apprend difficilement. Je me souviens bien de l'arrivée de Cyril parce que moi, j'étais justement en train de préparer une qua-

trième étiquette pour la cent huit. Je ne me rappelle pas le numéro d'écrou que j'avais écrit bien sûr, mais je me souviens encore du nom du mec : Biche. Sébastien Biche, il s'appelait...

Lorsque Biche entra dans la cellule, Coutances, debout sur la table, se retourna vers les deux jeunes surveillants :

— Il se passe quoi, en face ?

On entendait effectivement des cris et des heurts quand Bailhache déboula en trombe au rez-de-chaussée et appela à travers le filet antisuicide :

— Beaupré ! Beaupré, descendez. Qui est avec vous ? Cambusat ? Bon, tant pis, qu'il descende aussi. Il y a un problème chez les femmes. Allez, vite !

32.

— Venant de chez les hommes, pour aller au quartier des femmes, il faut franchir une porte blindée. On n'y entre pas comme ça. On n'y entre que s'il y a besoin d'une intervention par la force. Et dans ces cas-là, le surveillant principal emmène toujours deux gars avec lui pour qu'il n'y ait pas d'équivoque.

Bailhache, Beaupré et Cambusat pénétrèrent en QF. De Carvalho, la chef de détention des femmes, les accueillit et conduisit en toute hâte au second étage. La porte deux cent neuf était grande ouverte et, à l'intérieur de la cellule, ça bastonnait, se crêpait violemment le chignon. Agnès Leduc avait plaqué à terre Corinne Lemonnier, essayait de la maintenir, tandis que celle-ci tapait, giflait Desîles au sol également, lui arrachant aussi les cheveux par poignées. La peau de la métisse se teintait de rayures roses, rouges. Totalement débordées, elles étaient trois surveillantes à essayer de stopper la bagarre.

Bailhache attrapa la tête de Corinne, la coinça sous son bras et la tira ainsi vers la coursive tandis que Beaupré faisait une clé de bras à Nadège évitant, *in extremis*, que la métisse plante une paire de ciseaux dans le visage de Corinne. Cambusat, derrière, tremblait. Ses jambes fuyaient vers les genoux, la violence le pétrifiait. Leduc, se relevant, le regarda :

— Cyril ?
— Agnès !

— *Je le connaissais,* me dit Leduc. *C'était le fils des voisins de mes parents.*

— Mais qu'est-ce que tu fiches ici, Cyril ? Je croyais que tu voulais devenir prêtre...
— Pasteur, rectifia Cyril.
— Bon, ben plus tard les retrouvailles ! s'exclama Bailhache, la tête de Corinne toujours coincée dans son bras court épais. Qu'est-ce qu'on fait de celle-là ? demanda-t-il à la chef de détention. Le mitard ?
— Ah non, pas encore...

De Carvalho, qui avait pourtant déjà été mordue par la Lemonnier, refusa qu'on renvoie de suite Corinne en quartier d'isolement.

— Elle en vient. On ne peut pas l'y remettre déjà.

— *Ça n'aurait été que moi…,* me dit Agnès.

— Emmenez-les plutôt toutes les deux à l'infirmerie. On y soignera l'une et calmera l'autre. Faites préparer une seringue !

— Non, pas de piqûre ! hurla la monstre femelle, bouche déformée par l'étau du bras de Bailhache et la haine. C'est pas moi, j'ai rien fait !

Elle clamait son innocence, des poignées de cheveux crépus s'échappant entre les phalanges de ses poings serrés. Par la fenêtre de la cellule, on entendit hurler, de l'autre côté de la cour :

— Elsa ! Elsa ! T'as un problème ?

Les trois surveillantes, la chef de détention, Beaupré et Bailhache entreprirent de descendre les deux détenues à l'infirmerie quand le surveillant principal, voyant la porte deux cent neuf restée ouverte, ordonna à Cambusat :

— Vous, surveillez la troisième.

— La troisième ?

Cyril se retourna. Il n'avait pas vu qu'une troisième femme était assise là, les jambes pendantes, au bord d'un lit du dessus. C'était Rose Allain, dix-neuf ans. L'ombre de sa jupe entre les cuisses légèrement écartées était d'un grand trouble :

— Vous avez une cigarette ?

— Une cigarette ? répéta le surveillant. Heu… oui. Normalement, oui… (Il en gardait toujours une dans son uniforme bleu pour l'heure de la pause.)

— Du feu ?

Cyril tendit les mains, fit craquer une allumette.

— Merci.

Quand tout fut fini, Cyril, en quittant le quartier des femmes, demanda à Agnès :

— C'est qui, la fille ?

33.

Tous les mineurs, en bout de quartier des hommes, excités par les cris des deux femmes qui s'étaient battues, étaient aux fenêtres :

— Oh, les meufs. Oh, les meufs ! Heu, qu'est-ce qui se passe chez vous ? Heu, qu'est-ce qui se passe ?

Ils avaient grimpé sur des tuyaux du chauffage, des tables. Certains s'étaient agrippés des mains et des pieds aux barreaux des fenêtres comme des singes. Ils tapaient dans les grillages. Les femmes d'en face (à la même hauteur au second étage) apercevaient leurs visages et les excitaient davantage :

— Dis-donc, toi le mignon, là, t'aimerais me mettre un doigt ?

Entendant ça, Agnès Leduc, les yeux au ciel, arpenta la coursive de gauche en tapant dans toutes les portes :

— Mais calmez-vous, mesdames, mais calmez-vous ! Arrêtez ! Arrêtez de les énerver sinon on allume tout ce côté du mur.

— Après les moments d'affolement dans les quartiers, c'est toujours ensuite des cris et des pornographies aux fenêtres et c'est souvent les nanas qui commencent. C'est l'école du vice. Elles disent aux gosses : « Tu me manques, j'ai envie de ton corps. J'ai envie de ta bite dans ma bouche. » L'initiative est toujours prise par la femme.

Des enfants de quatorze ans, qui avaient tué leurs parents, se masturbaient en écoutant les insanités des femmes. Leurs semences intimes, filant à travers les trous du grillage, tombaient deux étages plus bas sur les salades de Mathilde.

L'épouse du directeur cultivait des légumes dans une plate-bande de terre étroite longeant le quartier des hommes. Il pleuvait des gouttelettes éparses sur la culture bio de Mathilde. Elle cueillit une laitue dont elle essuya une ou deux feuilles avec un pan de sa jupe. Kaczmarek allait bientôt dire : « Encore une qui finit » quand Mme Van der Beek rentra dans la maison de fonction et téléphona à son mari. Celui-ci, à son bureau, répondit :

— Le temps de mettre Simone, d'enfiler Christian et j'arrive !

Mathilde ne fut pas plus choquée par la réponse de son époux que par les taches tombées sur ses salades.

Un peu plus tard, dans la cent huit, Coutances, allongé sur le dos, repensa, anxieux, à Elsa, dont il était sans nouvelles depuis plusieurs heures. Il envia ensuite, au-dessus de lui, la vision des mineurs à hauteur des femmes (trois ans que lui n'en avait pas vu une) :

— Ça donne envie de rajeunir et de se remettre à voler des Mobylettes.

34.

Dans le salon-salle à manger de la maison de fonction, le directeur de la maison d'arrêt, à table, noua derrière son cou les deux lanières d'un bavoir. Sur la minuscule pièce de linge qui protégeait la poitrine de Van der Beek, un lapin en veston courait en regardant sa montre.

Utilisant couteau et fourchette, le directeur pliait soigneusement en quatre chaque feuille de laitue qui constituait son dîner :

— Pourquoi on ne mange plus de viande ?

— Pour qu'il y ait des taches de sang sur ton bavoir ? Tu sais à quel point ça me mettrait le cafard.

Le salon-salle à manger était sombre. Le papier peint à texture de velours, décoré de rayures verticales alternativement beiges et Sienne, retenait la poussière. Les meubles laids et dépareillés étaient anciens. La plupart – propriété de la pénitentiaire – avaient servi aux autres directeurs précédant l'arrivée de Denis ici, il y a trois ans.

Une nappe cirée bleue, envahie de dessins représentant des pelles, des seaux et des râteaux jaunes, recouvrait la petite table, faussement Henri III, où dînaient face à face Denis et Mathilde. Celle-ci, qui prenait entre ses doigts les feuilles de laitue et les grignotait, demanda à son mari :

— Sais-tu où on achète les magnétos dans cette ville ?

— Tu veux acheter un magnétophone ?

— Trois.

— Trois ?

— … et puis aussi des babouches pour toi.

— Des babouches ? Mais pourquoi ?

— Pour le son.

— Le son ?

Souvent, Van der Beek comprenait trop tard les idées farfelues de sa femme. Pour lui, elle devenait un poème à crier dans les ruines.

— Es-tu contente des travaux, Mathilde ?

— Oui, ils ont été bien faits. Cette pièce supplémentaire est belle. Cette nuit, nous y ferons l'acte de chair.

— L'amour, en cellule ?

— Ce n'est pas en mangeant de la salade que je vais me retrouver enceinte, Denis.

Pourtant, deux étages au-dessus, les mineurs avaient tout fait pour…

Pendant que le directeur prenait son dessert : un petit pot pomme-poire, sa femme, sans appétit, alla s'asseoir dans un fauteuil défoncé et tricota une paire de moufles jaune layette :

— Ça va être long. C'est compliqué, les pouces.

Son mari, s'essuyant les lèvres au bavoir, lui demanda, désignant ses travaux d'aiguilles :

— C'est en l'honneur de qui, ça ?

— Ben une paire… réfléchis. Les jumeaux, voyons !

— Ah ben oui, les jumeaux…

Denis sortit sur le perron de la maison fumer une cigarette mentholée dans la nuit. La cour d'honneur était vide. Ses pavés déjà luisant de rosée reflétaient des éclats mous de lune blonde, et le mur d'enceinte était si haut, si infranchissable. Le phare d'un mirador balayait régulièrement la cour.

Les coquillages incrustés dans les murs se gonflaient de rêves insensés. La prison dormait debout. Les surveillants d'astreinte lisaient ou somnolaient au bâtiment administratif. Des quartiers hommes et femmes – ces pavillons de morphine –, parfois, montaient aussi des cris de cauchemar.

Des bruits d'ailes d'oiseaux endormis s'agitaient sous la charpente des toits. Et ça sentait l'iode et la gangrène dans cet univers bondé d'âmes.

Les marionnettes de l'esprit !

35.

— Je voudrais démurer mes victimes !

Jacky Coutances dormait mal, parlait dans son sommeil. Biche aussi. Le nouvel arrivant se tournait dans tous les sens sur sa couchette inconfortable au-dessus de celle de Kaczmarek et disait des choses inouïes de beauté pour le Hongrois qui l'écoutait, dessous.

S'il faisait plus frais dehors, dans les cellules sans courant d'air c'était une nuit chaude et pesante où l'on dormait difficilement réunis à quatre dans douze mètres carrés. Les odeurs des pieds et les gaz des culs !

Mais les propos et l'ombre lunaire de Biche dans l'ombre de Kaczmarek étaient un écho dans sa voix. Sergueï répétait en murmurant les phrases que disait Sébastien B.

Il lui sembla qu'il n'avait jamais rien entendu de plus beau, de plus émouvant dans sa vie. Popineau, au-dessus de Coutances, ne dormait pas non plus. Sur le dos, les yeux grands ouverts, il écoutait le Hongrois répéter les phrases du nouveau et il fut inquiet (à raison) pour ses douches à venir.

Au bout d'un moment, Sébastien se tut, alors Kaczmarek ferma les yeux, Popineau aussi.

Et leur masse de rêves à tous organisa le silence.

36.

Benoît me dit :

— *Tu sais, Jean, un jour, j'ai demandé à des collègues de m'enfermer dans une cellule pour voir.*

— *Et alors ?*

— *Ben, c'est stressant. Et cette porte sans serrure ni poignée que tu ne peux pas ouvrir, que t'es obligé que quelqu'un le fasse pour toi, ça infantilise. T'imagines, toi ?*

— *Non.*

— *Moi, au bout de cinq minutes, je tapais dans la porte en gueulant : « Hé, déconnez pas, les gars ! »*

37.

— *Est-ce que tu sais, Benoît, s'il y a des détenus qui regrettent ce qu'ils ont fait ?*

— *Non, tu rêves. Dans les maisons d'arrêt, c'est quatre-vingts pour cent de récidive et donc, on revoit toujours les mêmes. C'est rigolo d'ailleurs parce que des fois, t'as un mec qui tombe pour quelque chose et puis tu te dis : « Tiens, il est tombé pour ça ? D'habitude, c'est pas son truc... » D'habitude, c'était pour proxénétisme ou vol à la roulotte et là, il arrive pour meurtre. Alors tu te dis : « J'aurais pas cru, quoi... » Ça m'arrive de croiser d'anciens détenus dans la rue. Au début, je me disais hou, là, là, ça va mal se passer, eh bien non. Le mec, il te dit sur le trottoir : « Ah, bonjour, surveillant, comment ça va ?... Ah, c'est votre femme, bonjour, madame. Ah, c'est votre gamin, salut, toi... » Tu vas à la pharmacie, tu vas faire tes courses, les mecs ne t'évitent pas. La prison, c'est leur vie. Ils entrent, ils sortent, ils reviennent, et donc, toi, tu fais partie de leur vie. Ils ne sont pas agressifs dehors, jamais ! Ils n'ont pas intérêt d'ailleurs parce que comme souvent ils reviendront... Je te l'ai dit : quatre-vingts pour cent ! Alors ils vont faire les barbeaux, oui, un jour où ils seront en groupe et un peu défoncés par l'alcool ou la came, mais sinon, ils ne t'emmerdent pas dehors.*

Quand ils reviennent de correctionnelle, ils disent :
« Bon, je n'ai pris que douze mois ! » Toi, tu
prends douze mois, tu deviens fou. Eux, ils disent :
« Putain, je m'en sors bien. J'en ai déjà fait quatre
et il m'en reste quatre autres si je me tiens bien et
puis voilà. » J'ai vu des mecs sortir et revenir trois
semaines après... Dans leurs bandes, il y en a tou-
jours deux dedans et cinq dehors et après, ils
changent. Ils arrivent et retrouvent leurs copains :
« T'es là, machin ? Et Farid, il est là ? Ouais ?
Michel aussi ? Bon, bon... » Ce qui fait qu'en fait,
moi, des fois, je me demande à quoi c'est utile tout
ça... et à quoi on sert... Ah non, ils ne regrettent
rien. Ce qu'ils regrettent seulement, c'est de s'être
fait prendre. Presque tous, la plupart, sauf...

Sébastien Biche, à l'intérieur d'une file indienne,
revenait de promenade. Cinquante kilos et pas
d'épaules, il était tout chétif avec une allure soixante-
huitarde d'instit qu'il était. Des cheveux longs
filasses et continuellement sous neuroleptiques, il
n'embêtait vraiment personne : ni les détenus ni les
surveillants.

C'était Beaupré qui, marchant devant, les ramenait
tous vers les coursives. Mais trois bruits mats et, à la
sortie de l'angle mort d'un couloir, Sébastien tomba,
genoux à terre, sa tête entre les mains.

    — Ah, ça va vite. Ça va toujours très vite. Ça
fait br, br, br, tu te retournes et tu ne peux que
constater les dégâts.

Un peu plus loin devant, trois hommes attendaient devant une porte. L'un se frottait le coude, l'autre le poing, le troisième le front.

Relevant Biche et le traînant lui-même par les aisselles, Benoît, se reprochant de ne pas avoir été assez attentif, en voulut à Cyril, alla l'enguirlander en bout de coursive :

— C'est de ta faute !

Cambusat, qui pensait à autre chose, lui demanda :

— Ma faute ? Pourquoi ?

— Quand il est arrivé, tu lui as fait parler de son délit devant les autres. Il a prononcé le mot « enfant » alors ils l'ont pris pour un pointeur.

— Mais ce n'est pas vrai, c'en est pas un ! J'ai vu son dossier.

— Eux ne l'ont pas vu. Ils t'ont juste entendu !

— Oh, zut…

Le blondinet recouvert d'acné, sous sa casquette à visière, était réellement désolé. De l'autre côté du filet antisuicide et ayant assisté à toute la scène, Bailhache – face de navet – souriait, satisfait.

38.

L'œil gauche de Sébastien, tuméfié et gonflé, battait comme un cœur d'enfant dans ses mains.

Ailleurs, en dehors de la ville, à la campagne, un gamin se glissa dans le lit de sa mère :

— Il revient quand, papa ?

— Je ne sais pas… Tu sais, il a eu très mal à la tête.

— Comme Oscar ?

— Oui, à peu près…

Dans la cellule cent huit, Kaczmarek alla inonder d'eau froide un gant de toilette puis s'approcha de la couchette de Biche. Lui retirant délicatement les mains et posant sur sa figure le gant dont l'eau coulait parmi ses larmes, il lui dit :

— Cette nuit, tu as rêvé et tu parlais à quelqu'un. Ce que tu as dis, j'aimerais que tu l'écrives aussi à la femme de ma vie. Moi, je suis illettré. Tu veux bien le faire pour moi ?

Kaczmarek ne promit rien en échange. D'instinct, il savait quand le marchandage était utile ou pas. Et là, il ne l'était pas :

— Est-ce que tu voudrais que je t'accompagne en promenade ?

— Non.

Kaczmarek eut la confirmation de l'inutilité de tout deal.

— Moi, je veux bien que tu continues à m'accompagner à la douche, dit Popineau.

Le Hongrois n'entendit pas le vieux, il regardait l'instituteur.

— Pauvre gars, t'es vraiment au fond du trou, toi. Je te dicterai tes rêves. Je les ai appris par cœur.

39.

Mathilde Van der Beek, trente-six ans et peau déjà fripée, cheveux bouclés brillants noirs, dansait sur une jambe et puis l'autre devant le comptoir d'un magasin où étaient étalés des magnétos. Elle hésitait devant les dictaphones.

Le vendeur lui conseilla un modèle et expliqua le fonctionnement simple des touches de l'appareil :

— Ici, c'est lecture ; là, avance rapide, et pour le retour en arrière…

— Pas de retour en arrière ! Pour enregistrer, c'est où ?

— Le bouton rouge.

— Bon, bon, bon…

Elle en acheta trois.

Dans un autre magasin, elle demanda des babouches taille quarante-trois, du fil à broder rose et bleu et l'adresse d'un square.

40.

Pendant ce temps, dans une autre construction – autrement plus solide que le château d'un bac à sable –, la surveillante Leduc pénétrait dans chaque cellule vérifier l'état des barreaux.

De la plus grande clé sombre de son trousseau, le passe général des cellules, elle cognait, faisait chanter l'un après l'autre les cinq barreaux. Ils devaient tous sonner uniformément, signe qu'aucun d'entre eux n'avait été plus ou moins scié, attaqué à la lime depuis le dernier contrôle. Agnès épiait la fausse note, mais... kling, kling, kling, etc., n'en trouvant pas, elle quitta la cellule.

Pour la monstre femelle, la surveillante et la nouvelle pensionnaire (Rose Allain), les barreaux avaient sonné identiques mais pas pour la métisse incarcérée. Pour Desîles, au visage recouvert de pansements, le troisième avait eu un bruit, une voix différente qu'elle seule reconnut :

— Henri...

Porte deux cent neuf refermée à double tour, Corinne, encore sous les effets de la camisole chimique de l'infirmerie, se leva et tituba vers la fenêtre. Elle leva ses mains vers les barreaux et évita prudemment le troisième à partir de la gauche :

— Jacky...
— Elsa...

41.

« Chère Anne, »
(...)
Ailleurs, loin d'ici, très après Niort, dans une maison isolée dominant une colline entourée de terres

en jachère, une femme, de dos, face à la fenêtre de sa chambre, lisait une lettre. En P-S, on lui demandait son âge et des nouvelles de sa santé.

À contre-jour, on ne distinguait d'elle que sa jeune silhouette rongée de lumière et ses longs cheveux châtain clair. Ciseaux en main, elle en coupa une mèche puisqu'on en demandait la couleur.

Anne Colas-Roquet, professeur par correspondance, corrigeait principalement des devoirs de vacances. Elle était aussi, depuis longtemps déjà, correspondante de prison.

Cette célibataire faisait partie d'une association loi 1901. L'Amicale met en relation des gens qui désirent correspondre avec des détenus. Beaucoup plus de femmes que d'hommes y cotisent.

L'association envoie tout d'abord aux volontaires des profils écrits de prisonniers souhaitant correspondre. Elle n'indique jamais les durées de peine ni les motifs d'incarcération (c'est confidentiel ; libre au détenu de l'écrire s'il le veut). Elle n'indique que leurs âges et hobbies : lecture, foot…

C'est par hasard qu'Anne a choisi Kaczmarek.

Pas d'adresse personnelle : le courrier transite par l'association, qui le réexpédie ensuite au destinataire. Prudence, prudence… L'association met aussi les correspondantes en garde, leur recommandant de préciser les choses, gentiment, dès le début genre : je suis mariée, j'ai un petit ami… pour que le détenu ne se fasse pas trop d'illusions car l'imaginaire travaille terriblement en prison, disait la brochure *Le Guide du correspondant*.

Anne n'avait pas respecté cette clause. De lettre en lettre, elle s'était peu à peu livrée puis promise… Et pourquoi aurait-elle dit être mariée, avoir un petit ami puisque ce n'était pas vrai ?

Là, elle relisait la lettre reçue et, d'une main, régulièrement, s'essuyait les yeux. C'était une lettre triste à mourir.

L'écriture avait encore changé. C'était la troisième fois. Pas idiote et habituée aux graphies, elle crut tout comprendre et prit un stylo :

« Messieurs, »

42.

Coutances lut : « Monsieur, » et transforma prudemment tous les pluriels de la lettre tachée du tampon rouge en singuliers.

Biche, qui avait vu passer la réponse de chère Anne entre ses doigts et l'avait vaguement parcourue, regarda Coutances. Au-dessus, Popineau remarqua leurs regards complices à tous deux. Kaczmarek, lui, ne vit rien. Couché sur le dos et en débardeur (c'était juillet), il écoutait la lecture et la voix de Jacky, faisant glisser lentement sur son visage la mèche de cheveux de chère Anne jointe à la lettre :

— Quand c'est toi qui écris, l'instit, ma femme est encore plus belle et ses cheveux sont si doux… Tu lui écriras jusqu'à ma levée d'écrou.

Mais la porte de la cellule s'ouvrit et un surveillant, muni d'une liste, appela Sébastien pour la douche.

43.

— Ne crie pas, c'est trop tard.

44.

Lorsque Sébastien réintégra la cent huit, elle était vide.

Kaczmarek était au sport, Popineau à la biblio-thèque et Coutances, au parloir, discutait avec son avocat d'un éventuel pourvoi en cassation concernant son procès :

— Pourquoi voulez-vous qu'on tente la cassation ? s'étonna le maître du barreau.

— Je veux rester en maison d'arrêt !

— Mais vous allez partir en centrale et il n'y a pas de vice de forme dans votre affaire. La cassation ne marchera pas.

— Tentez. Ça me fera gagner du temps.

— Du temps pour quoi faire ? Vous avez pris perpétuité.

— Oh, ça va…

Lorsque les trois cocellulaires de Biche étaient partis, ils avaient laissé la télé allumée. On y diffusait un match Brésil-Argentine en différé. Sébastien força le son, le poussa à tue-tête.

Un peu plus tard, sombre et en costume gris, à pas de rat, Coutances suivait Cyril, rejoignait sa cellule. Celui-ci tourna la clé dans la serrure et ouvrit la porte, regardant sur la coursive d'en face un autre surveillant poussant un chariot de linge sale vers le quartier des femmes.

Coutances entra dans la cellule et dit :

— Il est sec.

— Sec ?

Cyril entra.

Avec un torchon, Biche s'était pendu à la crémone.

45.

Il s'était suicidé devant les acclamations d'un stade en liesse qui faisait la ola…

Coutances éteignit cette télé imbécile posée sur une tablette vissée dans un mur près de la cuvette des W.-C. La lunette de ceux-ci était éclaboussée de chiasse blonde encore fumante. Coutances tira la chasse d'eau aussi. Allez, basta, Biche.

Cyril, lui, avait reculé vers la coursive. Il sentait son cœur, son estomac et son âme lui venir dans la gorge. Blême et en nage, les yeux gonflés de pleurs, il suffoquait et tout tournait autour de lui. Les murs et les barreaux ondulaient, les couleurs s'inversaient. Les visages roses étaient verts et les costumes des surveillants, jaune citron. Le directeur, prévenu et accouru, était ridiculement accoutré, c'en était pas croyable. Il avait un bonnet d'une couleur… L'ami de Cyril – le pendu –, linge à son cou, lui tirait la langue. La coursive de sable mouvant s'enfonçait sous les pieds du jeune surveillant, mettait en péril son équilibre. Cambusat recula encore, faillit basculer en arrière par-dessus la rambarde vers le filet antisuicide. Et les voix devenaient irréelles à ses oreilles :

— Ça va ? Ça va, Cyril ? Ça va ?

Beaupré, accouru aussi, le soutenait :

— Oh, Cyril ? Cyril ? Reste là, Cyril !

Cyril s'écroula comme un paquet de linge sale, vomit dans les bras Tergal de Beaupré, se réveilla à l'infirmerie sous les gifles du médecin légiste venu aussi constater le décès de Biche.

— Eh bien, dites-moi, quel surveillant vous avez là ! dit le médecin à tour de bras.

— M'en parlez pas…, soupira Bailhache, quittant l'infirmerie. Je ne sais pas ce qu'on va pouvoir en faire…

Puis sur le carrelage multicolore du rez-de-chaussée, entre la salle de sport et la bibliothèque, il ordonna à un premier surveillant :

— Allez, on fait comme d'habitude. Plus personne ne sort de nulle part, on rentre ceux qui sont sur les coursives et on prévient la morgue.

— Quand un gars se suicide, on évite que ça se sache. On enferme les mecs, ça se passe discrètement et souvent, on attend le soir pour retirer le macchabée. Y a pas un voyou dehors quand les croque-morts arrivent avec le cercueil. On descend le gars et il repart les pieds devant. Fin de peine.

46.

L'histoire de feu Biche, Cyril l'avait lue dans son dossier conservé au greffe de la prison. C'était l'histoire simple d'un jeune instituteur psychologiquement fragile dans un quartier périphérique dit difficile. Des enfants de huit ans (CE 2) se moquaient de lui, de son nom : « Biche, ô ma biche… » Il n'avait aucune autorité sur eux, était débordé. Des parents d'élèves se plaignaient du manque de progrès des rejetons. La directrice de l'établissement lui promettait des blâmes et des avertissements. L'inspecteur de l'Éducation nationale l'avait saqué. Des grands frères, à la sortie de l'école, le menaçaient, l'attrapaient par le col, lui crevaient les pneus de sa 2 CV. Souvent, il quittait l'école primaire sous des jets de pierres et les commentaires acerbes de ses collègues. Plusieurs fois en arrêt maladie pour cause de dépression, il fit même un court séjour dans une clinique psychiatrique réservée aux enseignants. Sa vie familiale en subissait les conséquences énormément. Il piquait, à demeure, des colères mal à propos. Sa femme voulait le quitter. Ils avaient deux enfants dont un bébé (Oscar) qui souvent hurlait. Sébastien n'en pouvait plus. Un jour de furie, il attrapa son fils par les pieds, le claqua contre l'angle d'une cheminée. Pok ! La vie de Biche s'est arrêtée là, aussi.

— Il avait pété les plombs comme ça pourrait arriver à tout le monde, à toi, à moi... Qu'est-ce qu'on en sait ? Fou de malheur par ce qu'il avait fait, en plus, ici, on l'avait tabassé, enculé, alors ça suffisait comme ça. Il n'a même pas attendu le jour de son procès.

Cambusat fut très affecté par le décès de ce gars qui lui ressemblait tant, très ! Il se sentit très responsable de ce qui lui était arrivé, très ! Il s'en voulut énormément.

— Trop !

47.

— Cyril était un gars qui avait peur et nous, on n'aime pas ça. Les surveillants qui ont peur, ça se traduit par le fait qu'ils sont hypertatillons sur beaucoup de choses, qu'ils hésitent. Ils reviennent trois fois vérifier qu'ils ont bien refermé une porte ou une grille. Ils sont toujours dans l'inquiétude et le vivent très mal. Et puis nous, on sait sur quels collègues on pourra compter. On sait que si un jour il y a une altercation, qu'un détenu te prend en otage ou fout le feu à ton uniforme, tel et tel surveillant viendront et te mettront en position de force, mais il y en a d'autres... on n'est pas du tout certain de pouvoir compter sur eux.

Et puis, souvent, le surveillant qui a peur donne tout au détenu. Ça arrive. Il y en a qui ne savent pas dire non, par crainte. Donc, pour ne jamais avoir de conflit, le surveillant va penser que le détenu va se dire : « Bon, ben, il est bien et tout... » Mais ce n'est pas vrai. Le jour où il va y avoir du grabuge ou une tentative d'évasion, faut pas rêver, les voyous ne vont pas faire le tri. Ils ne vont pas se dire : « Celui-là, il a été bien, on le laisse. » Non, le jour où il leur faudra te rentrer dedans, il n'y aura plus de copains, rien. Ils t'aligneront comme les autres.

Un surveillant peut se faire virer pour trafic avec les détenus. C'est le pire qui puisse arriver : faire rentrer des trucs comme de la came ou des lames de scie. Ce qui nous fait le plus peur, c'est qu'un surveillant soit capable de faire ça parce que après, il peut faire rentrer une arme et que nous, on n'en a pas ! Le gars qui fait ça, c'est ta sécurité qu'il met en jeu. Donc, ces types, on ne les aime pas. Et, si on a des doutes, je peux te dire qu'on s'en méfie. J'ai connu un surveillant, moi, qui a fini incarcéré. C'était un jeune à Fleury. Il était tombé pour trafic de came. Il ne consommait pas mais revendait en cellule par crainte des taulards.

On nous apprend ça à l'école des surveillants : « Ne mettez jamais le doigt dans l'engrenage. Parce que sinon, c'est fini, vous serez bouffés. Au début, vous allez mettre le doigt mais après, ce sont les détenus qui vous tiendront par les couilles. Parce qu'ils vous diront : Maton, si tu ramènes ta fraise, je te balance. Et vous serez coincés. Vous deviendrez prisonniers des détenus. Ils vous endor-

miront. Méfiez-vous. On se fait facilement
enfeuiller dans ce métier. »

Après l'affaire Biche et la réaction tellement émo-
tive de Cambusat, il fut décidé, en accord avec le
directeur, que, pendant un temps, Cyril s'occuperait
essentiellement de tâches administratives ou de la lecture du courrier par exemple et qu'on ne le laisserait
plus trop traîner sur les coursives du quartier des
hommes. On ne sait jamais. Il semblait si vulnérable,
les voyous s'en apercevraient vite.

48.

Le lendemain, Cyril avançait, les deux mains
posées sur la barre horizontale d'un chariot vide. Il
poussait ce véhicule bringuebalant, à quatre roulettes
garnies de gomme, au rez-de-chaussée du quartier des
femmes. Les grilles amovibles des côtés du chariot
vibraient dans les logements d'acier où on les avait
coulissées. Dans son uniforme bleu marine, tout en
marchant, le jeune surveillant regardait la coursive du
second étage, cherchait la cellule deux cent neuf. Elle
était fermée. Et c'est la tête encore en l'air, tournée
vers la gauche, qu'il franchit la porte à double battant
grand ouvert de la buanderie et entendit :
— Bonjour...
Cyril tourna la tête à droite. Assise sur une grande
table, il y avait Rose (la nouvelle cocellulaire de

Lemonnier et Desîles). Elle semblait toute petite sur le vaste plateau en contreplaqué de la table à pieds de fer où l'on venait repasser et plier les draps des cellules. Les mains entre ses jambes, paumes tournées contre les cuisses nues sous sa jupe, elle avait une peau de lait, et sa chair paraissait un peu molle. Une bouche belle et tombante, une fossette au menton. Des cheveux mi-longs blonds avec une frange sur le côté lui passant derrière l'oreille.

Elle releva les mains et remonta le col de sa chemise autour du cou comme si elle avait froid. Pourtant le ronronnement des quatre machines à laver industrielles, brassant les draps dans la mousse des lessives, diffusait une douce étuve parfumée.

Rose avait des yeux graves surpris d'être là. De côté, surtout, elle était parfaite : un profil d'héroïne de bandes dessinées. Une voix un peu nasillarde et des mains de lavandière propices aux gerçures. Elle était cet assemblage-là dans ses dix-neuf ans à peine.

— Ça va ? demanda-t-elle à Cyril.

— Non. Et vous ?

— Non.

Ils s'étaient souri, fatalistes, l'air de dire : hé, c'est comme ça.

Au pied de la vaste table, deux hautes piles de draps pliés attendaient que Cyril, en plusieurs voyages, les transborde sur le véhicule à roulettes. Rose, assise et immobile sur le contreplaqué, regarda Cambusat agir. Le jeune surveillant manœuvra ensuite avec difficulté le chariot plein, devenu lourd. Il avait réussi à le faire pivoter et allait le pousser tout droit vers la sortie quand Rose lui demanda :

— À demain ?

Cyril hésita puis poussa le chariot et répondit :

— Oui.

La blonde remit les mains entre ses cuisses lorsqu'elle découvrit, posé près d'elle, un paquet neuf de cigarettes encore enveloppé de son cellophane.

— Merci...

49.

Agnès Leduc se souvient de Rose Allain :

— Elle faisait partie du genre de détenues que je ne supporte pas et, normalement, elle aurait dû m'être antipathique. C'était une toxico.

Habituellement, ce sont des filles qui nous donnent beaucoup de mal. Quand on apprend qu'une toxico va arriver, on sait déjà que vis-à-vis d'elle on va être méfiant d'entrée. Ce sont des détenues psychologiquement abîmées et lourdes à gérer. Ce sont des femmes hyperfragiles qui demandent beaucoup et ne donnent rien. Elles sont boulimiques de prendre, prendre, prendre et, dès qu'elles peuvent vous faire une entourloupe, elles le feront. Ce sont des femmes vicieuses. Pour nous, les toxicomanes sont des gens vicieux.

Mais Rose Allain était discrète et très calme.

— Et belle. J'aurais aimé lui ressembler...

50.

L'histoire de Rose est celle d'une jeune étudiante en lettres qui trafiquait un peu pour payer sa conso. Elle habitait un village à la périphérie de la ville – Montceau-les-Chartreux –, un bourg au milieu des champs qu'elle rejoignait, le soir après les cours, en autocar. Au village, elle avait vendu de l'herbe à la fille du garde champêtre. Celui-ci, l'apprenant, l'avait dénoncée à la gendarmerie et à la mairie à qui elle louait un deux pièces dans une cité. Le maire, devant le peu d'importance du délit, avait gonflé ses joues et levé ses yeux au ciel : Bof… Elle renfermait ses doses à vendre dans des enveloppes pour cartes de bonne année. Mais quelques jours plus tard, alors qu'elle était partie une semaine, en vacances, à Montpellier voir une copine, il y eut chez elle une perquisition des flics. Ceux-ci se souviennent que le maire avait rechigné à leur faire ouvrir la porte de la locataire, qu'il avait refusé d'obtempérer puis finalement cédé.

Lorsque Rose rentra de voyage, elle sentit que quelque chose s'était passé chez elle. Elle eut la sensation que des gens étaient venus. Rien n'avait été bouleversé, très peu de choses avaient dû être déplacées, mais elle sentit qu'il y avait un problème, alors elle s'assit sur une chaise et, mains entre les cuisses, attendit, très calme.

Les flics passaient tous les jours voir si elle était rentrée. Quelques instants plus tard, ils sonnèrent à sa porte et lui demandèrent de les suivre à la gendarmerie. Quarante-huit heures de garde à vue, on l'interrogea, lui demanda où elle trouvait la came. On ne l'a pas frappée, personne n'a été méchant avec elle.

Ensuite, elle fut conduite chez un juge d'instruction de garde. Les gendarmes qui l'avaient accompagnée lui avaient dit : « On vous attend en bas parce que après, on vous ramènera sans doute chez vous. » C'était des mecs très sympas. Mais le juge, contrairement aux prévisions des cognes, dit à Rose : « Vous allez aller en taule. » Rose ne comprit pas et fila en prison, en préventive, sans savoir si c'était pour deux jours, deux heures…

Dans un autre véhicule de la gendarmerie, en route pour la prison, un gendarme zélé – un jeune chien – voulut lui mettre les menottes. Son collègue l'arrêta dans son geste : « Oh, ça va… L'herbe retrouvée chez elle ne pèse pas le poids d'un paquet de cigarettes… » Quatre jours en cage, seule, dans une cellule de transition et l'impossibilité de prévenir qui que ce soit de l'endroit où elle était. Beaucoup pleuré au début et cogité la nuit, quand Rose n'avait rien à fumer, elle faisait des quantités de rêves…

51.

Il n'y a pas que Cyril qui s'était retrouvé très affecté par le décès de Biche. Kaczmarek aussi était bien emmerdé concernant son courrier à venir direction chère Anne. Qui allait écrire les missives d'amour, dorénavant ? Pas Coutances, ses lettres étaient trop sèches... Juste bon à lire, ce gars-là ! Pas Popineau, lui c'était connerie sur connerie qu'il fallait ensuite entièrement rectifier... Et puis après le merveilleux rêve écrit de Biche, Sergueï n'allait pas revenir en arrière. La barre était haute, mais il ne pouvait quand même pas retourner vers moins beau. La destinataire aurait été déçue. Ah, c'était un problème...

Kaczmarek, esthète illettré, réfléchissait à tout cela, faisant sa lessive dans le lavabo. Ici, quand on n'a pas de visite au parloir, qu'on n'est pas suivi par de la famille ou des amis pour échanger le linge, on le lave soi-même à l'eau froide puis on l'accroche aux barreaux de la cellule en espérant qu'il fera beau. Mais la vaste chemise à carreaux de Popineau y flottant déjà comme un drapeau et s'égouttant dans une casserole sur la table, Kaczmarek étala ses débardeurs, chemises, slips et chaussettes sur le lit devenu vide de Biche. Ah, ce n'est pas simple d'être seul au monde, de se retrouver sans plus personne à qui l'on manque et qui pourrait vous aider... Kaczmarek, s'apercevant une nouvelle fois des difficultés de l'existence, s'assit sur son lit et roula un pétard.

Lit voisin, Coutances qui, sur une liste de produits achetables à la boutique de la prison, cochait certaines lignes d'une croix tourna la tête et, reniflant la fumée, demanda à Sergueï :

— Tu me files une taffe ?

— Commande-moi des pâtes sur ta liste de cantine…

Ici, tout se dealait, rien n'était cadeau. C'était donnant, donnant.

— Bon, fit le triple meurtrier désirant s'étourdir d'un peu de haschich. Des pâtes ? Lesquelles ? Coquillettes, spaghettis ou pâtes à bouillon en forme d'alphabet ?

— Ça existe, ça ?

— Ben oui.

— Prends-moi ça, dit Sergueï passant le joint.

— Tu peux me commander des coquillettes à moi aussi ? Mon compte n'a pas encore été crédité, demanda le gros Popineau, torse nu et poils plein les épaules et le dos.

Coutances, le rat, rigola :

— Démerde-toi, toi.

Le vieux fit la gueule tandis que Jacky finissait vite de cocher sa liste car un surveillant allait bientôt passer ramasser les feuilles de commande.

À la fenêtre, la vaste chemise à carreaux de Popineau assombrissait la cellule, et le soleil, passant au travers, tachait le carrelage de couleurs de vitrail. Sergueï, maintenant allongé, tirait à nouveau sur la cigarette en forme de hernie et en buvait la fumée :

— Aussi beau que le rêve de l'instit, ça va être dur... Comment je vais me démerder, moi ?

52.

C'est Benoît qui, ce jour-là, faisant le tour des coursives pour recueillir les commandes de cantine, ouvrit la porte cent huit sur des émanations de cannabis :

— Y a des fois, tu entres dans une cellule et tu te dis : « Putain, ça sent le hasch ! » Et donc, on le sait mais on laisse faire car c'est une soupape de sécurité qui les calme. Ça fait partie du truc et tant que c'est pas des drogues dures, à la limite, on s'en fout. On le sait, ça se sait, des fois t'as des mecs qui te regardent avec des yeux vitreux... On ne donne pas notre aval mais on laisse faire. Ici, entre eux, ils se refilent la came en promenade, dans les ateliers, en salle de sport. Ils sont aussi très imaginatifs pour cacher dans les cellules (baril de lessive, sucre, farine, chaussettes pliées). On évite que ça se fasse. Quand on peut gauler un mec, il morfle. Ça fait un exemple et tout ça mais on laisse un peu. On préfère ça plutôt qu'ils se saoulent la gueule... Mais c'est vrai que des fois, moi, je me dis qu'on a là des gars qui ont été incarcérés parce qu'ils avaient un peu d'herbe chez eux et qu'ici, on les laisse fumer ce qu'ils veulent, alors faudrait savoir...

— *Comment arrive-t-elle dans la prison, la dope ?*

— *Par la bouche, au parloir. Quand la femme d'un détenu arrive en visite, elle embrasse son mec et, avec la langue, peut lui fait passer du shit enveloppé d'une feuille de plastique. L'autre, sachant qu'il sera fouillé au corps et qu'on lui regardera même le trou du cul – gros délire humiliant –, avale la dope pour la vomir ensuite dans la cellule. Si le mec te demande de l'eau, c'est que le bout de shit est trop gros et qu'il n'arrive pas à l'avaler... On sait ça...*

53.

À chaque repas en cellule, Nadège gardait des miettes pour Henri... des miettes de pain et des restes de repas (lambeaux de chou rouge, débris de viande indéfinie et trognons de pomme). Elle les disposait devant son mari sur le rebord de la fenêtre. Le troisième barreau semblait content de ses déjeuners et dîners.

— Bon appétit, chéri...

L'Antillaise agissait comme elle avait vu sa grand-mère faire aux îles Caraïbes lorsque, enfant, elle y allait en vacances. L'aïeule vénérait là-bas des saints en plastique multicolore, posés sur des étagères de son salon, et laissait en offrande au pied des statues vénérables, réclamant leur protection, des restes de nourriture, de blanc-manger… Nadège avait soudain rapporté dans sa cellule de prison cette coutume locale puis, après les repas, allait travailler au service général.

Sitôt la métisse partie, la Lemonnier se levait, allait à la fenêtre, appelait Jacky. Et, tout en parlant, elle dégageait du revers de ses doigts dégoûtés, à travers les trous du grillage, les débris d'aliments qui tombaient dans la cour.

Lorsque la métisse revenait, elle s'extasiait : « oh, tu as encore tout mangé, mon amour ! C'est merveilleux… », disait-elle au barreau. Lemonnier et Rose Allain se regardaient.

Ce jour-là, Nadège s'était ensuite adossée au mur de gauche près de la fenêtre et racontait sa journée au troisième barreau tandis que Corinne, tenant entre ses mains le deuxième et le quatrième, continuait de converser avec Coutances.

Rose, assise au pied du lit de Nadège, regardait, envieuse, ses deux cocellulaires amoureuses lorsqu'elle entendit un petit bruit de papier glissant sur le carrelage. Elle prit la feuille, la déplia et lut : « Quand je passe devant votre porte, j'ai le cœur qui bat. »

54.

Benoît me dit :

— *C'est très mal perçu, par les gens, le métier de gardien de prison et, souvent, c'est de notre faute parce qu'on n'est pas bien géniaux... Parfois, on fait de ces conneries...*

Par exemple, l'alcoolisme chez les surveillants est énorme, énorme. C'est reconnu comme maladie professionnelle. Les anciens arrivent chargés (vingt-cinq ans de boîte, tu sais, ça doit user). Je connais des collègues, moi, qui se défoncent la gueule tous les matins, au bistrot d'en face (La Liberté), avant d'entrer dans la prison. Ballon de blanc derrière ballon de blanc, ils en alignent jusqu'à quinze, à jeun, au comptoir, je te jure ! C'est une façon de pouvoir monter en détention parce que, s'ils n'avaient pas ça, ils ne traverse-raient plus la rue. Ça leur donne du courage.

Quand tu fais ce métier, dans une soirée ou une fête de famille, tu monopolises l'attention de tout le monde parce que c'est un univers pas connu. La dernière fois que je suis allé à un mariage, il y avait une gamine de dix-sept ans, elle était assoiffée, elle demandait, elle me posait des ques-tions, elle n'arrêtait pas. Et elle avait de ces fausses idées et des a priori ! Mais c'était fou, quoi, je veux dire... Alors maintenant, quand on me demande mon métier, je dis que je suis fonction-naire, point.

Des surveillants se suicident parce que c'est un métier dur et il y a des collègues qui ne tiennent que grâce à la bibine. C'est une pression immense qui fait qu'à force, ben voilà, quoi... C'est un métier où on a des horaires bizarres. C'est une profession décalée. Les gars sont dépressifs, le tra-vail n'arrange rien. Moi, je commence à ne pas me sentir bien...

À Agnès Leduc, sise près de Beaupré, je demande :

— *Chez les surveillantes, c'est pareil ? Ça picole aussi, Agnès ?*

— *Non, les gardiennes c'est pas trop alcool mais c'est médicamenteux. Nous, on n'a pas besoin d'énergie physique comme les surveillants. Nous, ce qu'il nous faut, c'est un soutien psychologique permanent...*

Chez les femmes, c'est épuisant moralement et on y laisse beaucoup de plumes. Et souvent, on ramène le travail à la maison ! On rentre chez soi encore remplie de ça et on est abattue, on n'a plus envie de rien faire, on se fout sur le canapé et on zappe la télé pour ne plus penser à rien. On ignore la personne avec qui l'on vit. Elle ne comprend pas. Ou alors on est à cran et, au moindre truc, on démarre... Un objet qui devrait être là et qui est ici, on ne supporte pas et on fout tout en l'air. Et la gueulante qu'on n'a pas pu pousser au boulot, ben c'est à la maison que ça pète. La colère qu'on a accumulée au travail pendant huit heures, ben, c'est à la maison qu'elle éclate. Et il y a un gros, gros pourcentage de surveillants divorcés...

Parmi le personnel de la taule, l'année dernière, il y a eu cinq suicides, toujours à domicile, jamais en maison d'arrêt, ce qui fait qu'ils ne sont pas comptabilisés comme ceux des détenus. Mais l'administration pénitentiaire s'en est quand même aperçue, alors elle a nommé un psychologue par direction générale. La direction générale supervise onze prisons : Bordeaux, Pau, Bayonne, Niort,

Neuvic..., donc il y a un psychologue pour tous les surveillants de ces onze prisons et qui est basé à Bordeaux. Alors, si vous n'allez pas bien et l'inter-pellez, il faut vous y prendre longtemps à l'avance parce que le psy est débordé. Il faut prendre un rendez-vous au mois de janvier pour avril. D'ici là, soit on est guéri, soit on est mort de chagrin.

55.

Tiens, voilà le jour qui s'écroule ! « Encore une qui finit... »

Denis Van der Beek avait quitté son bureau, traver-sait la cour d'honneur. La nuit s'y allongeait, tout doucement rongeait les ongles, les songes. Le direc-teur rejoignait la maison de fonction.

Là-bas, il fit ce qu'il fallait pour plaire à Mathilde. Après avoir retiré écharpe et bonnet – Simone et Christian –, il enfila une paire de babouches. Sur les cous-de-pied des sandales de cuir des pays d'Islam, Mathilde avait brodé « PA » en rose sur une chaus-sure et « PA », en bleu, sur l'autre. En se déplaçant, l'arrière des babouches claquait sous les talons si bien que, lorsque le directeur marchait à demeure, si l'on regardait ses pieds, on pouvait à la fois lire et entendre : « Pa, Pa... Pa, Pa... », alors Denis était content – ça faisait tellement plaisir à Mathilde. Il marchait beaucoup dans le salon-salle à manger pour qu'elle soit encore plus heureuse... Il allait du buffet à l'entrée de la cuisine, des étagères de la bibliothèque à la porte d'un placard comme s'il cherchait quelque chose, mais ce n'était pas vrai. Pa, Pa… à chaque double enjambée, on aurait dit qu'un enfant l'appelait. Mathilde, émue, regardait son mari :

— Tu es gentil…

— Quoi, qu'est-ce que tu dis ?

Il n'entendait pas bien car depuis quelques jours, des enfants, ici, le soir, il semblait y en avoir plein la maisonnée. Poussés à fond les décibels, on les entendait crier et rire dans les deux pièces du fond et la cellule récemment aménagée.

C'étaient des cris et des chamaillages que Mathilde, munie de ses trois magnétophones, allait enregistrer dans les squares autour des bacs à sable, à la descente des toboggans ou près des tourniquets tournoyants comme les axes où venaient s'enrouler les bandes magnétiques des trois Dictaphone.

Appuyez sur Record ! Elle en enregistrait tous les jours, de pleines cassettes longue durée. Play ! Elle les faisait ensuite jouer, chacune, dans une des trois pièces du fond de la maison de fonction… mais Stop ! Denis, ayant soudain découvert l'heure à l'horloge du salon, fronça les sourcils et tapa dans ses mains puis, l'air faussement furieux, en babouches, fila vers l'autre bout de l'appartement.

Papa, papa ! s'accrochaient tous les enfants à ses basques.

— Non, non, non ! Allez, il est tard, tout le monde au lit et je ne veux plus entendre personne ! dit-il, éteignant l'un après l'autre chaque magnétophone posé sur le sol des trois chambres vides. Il éteignit

102

aussi les plafonniers et revint dans le noir, essayant de ne pas faire de bruit, de ne pas marcher sur les magnétos, ça aurait réveillé les enfants.

— Papa… Papa…, faisaient quand même mollement ses semelles.

— Non, non, pas d'histoires…, murmura le directeur de la maison d'arrêt à ses propres babouches.

Arrivé dans le salon, il les retira. Mathilde, à table, l'attendait :

— Tout s'est bien passé ?

— Oui, oui, ils dorment. Ne t'inquiète pas, chérie. Tout va bien…

Pendant la vaisselle, en cuisine, Mathilde voulut chanter une ritournelle enfantine. Denis, pour lui faire plaisir, en canon, l'accompagna : « Malbrough s'en va-t'en guerre… Tiron la, tiron laire… Malbrough s'en va-t'en guerre, ne sait quand reviendra… ne sait quand reviendra ! »

Un surveillant dans la nuit, longeant le mur d'enceinte, vit, à travers la fenêtre éclairée de la cuisine, le directeur et sa femme s'attraper par le bras, une fois à droite, une fois à gauche puis tournicoter ensemble des mains en l'air : « Ne sait quand reviendra ! »

Chacun porte sa croix, Denis, à bout de bras, soutenait la maladie mentale de sa femme. Un peu plus tard, au lit, dans son épaule, celle-ci lui dit :

— Je n'aurai jamais d'enfant, Denis…

— Chérie…

Dehors, un zéphyr de nuit d'été faisait grincer les balançoires et les fleurs séchées de trois tombes de bassets artésiens. En maison d'arrêt, tous les animaux adoptés par Mathilde avaient crevé, aucun n'avait tenu ici, ils étaient tous morts.

Rien ne résiste à la prison – château triste.

56.

« Encore une qui commence… »

Au petit quartier des femmes, Cyril poussait un chariot chargé de victuailles vers celui des hommes. Il le poussait en boudant car il n'était pas fier de lui, se reprochait de continuellement faire connerie sur connerie.

Après s'être senti responsable du tabassage de Popineau et de sa bascule par-dessus la rambarde… Après avoir dénoncé Biche à tort et sans doute l'avoir conduit au suicide, voilà qu'hier, il avait glissé un mot inouï sous la porte d'une détenue. De mieux en mieux…

— Ah mais comment peut-on être aussi bête ? se lamentait Cambusat.

Il n'en avait pas dormi de la nuit, ne savait pas ce qui lui avait pris, fut surpris d'avoir eu une telle audace, lui, habituellement si timide… Comprenait pas !

Lorsque, à huit heures, Bailhache lui ordonna d'aller chercher à l'économat les commandes de cantine destinées aux hommes, il avait à la fois espéré et redouté d'y rencontrer Rose Allain.

Par chance, ce n'était pas elle qui, consultant les listes, emplissait les cartons des commandes de

chaque cellule. La préposée du jour, sur un carton
d'eau minérale recyclé, utilisant un marqueur,
écrivit : « Cell. 108 ».

— Bon, alors des pâtes…

Lorsque Cyril repartit vers la sortie, poussant le
lourd chariot encombré de cartons numérotés et
empilés, il remarqua des poussières tombant des coursives, leva la tête. Rose !

La toxico, employée au ménage, qui passait la serpillière au second étage, donna un nouveau coup de
balai à travers les barreaux de la rambarde. Alors une
tache rouge comme un pétale de coquelicot virevolta
dans la détention tel un planeur faisant des arabesques
larges et lentes tandis que Cyril, continuant à pousser
son chariot, buta contre Leduc :

— Ben alors, Cyril, regarde devant toi. Où t'as la
tête ?

Ce qui paraissait être un pétale de coquelicot vint
se poser sur un carton du chariot, glissa et tomba au
sol. Cambusat se pencha vers lui, mais Leduc posa
son pied dessus et le ramassa elle-même. Il s'agissait
d'un petit cœur en papier découpé et passé au feutre
rouge. Étonnée, la surveillante le regarda entre ses
doigts plus habitués à lancer le marteau qu'à tenir ce
genre de symbole. Elle en fut très surprise :

— C'est pour moi ?

Cyril devint écarlate.

57.

Un peu plus tard, en QH – cellule cent huit –, Kaczmarek était dans l'expectative. Sur la couverture rayée verte de son lit, il avait renversé le paquet de pâtes-alphabet et tout d'abord tenté d'y faire le tri.

Sur une ligne-motif de la couverture, il avait rangé côte à côte chacun des signes graphiques lui paraissant différents des autres. Ça en faisait beaucoup. Il faut dire qu'il avait disposé les lettres, une fois dans le bon sens, une fois la tête en bas, tournées vers la droite ou la gauche alors, forcément, ça multipliait le nombre des caractères, compliquait tout.

Sergueï – Champollion de maison d'arrêt – découvrait soudain sa couverture de cellule comme si elle était devenue la pierre de Rosette. Et il se demandait bien comment il était possible d'écrire des phrases d'amour avec ces hiéroglyphes-là. Lui, à part s'en remplir les dents creuses... Mais comment allait-il se débrouiller maintenant pour correspondre avec chère Anne ? Est-ce que ce ne serait pas plus facile, finalement, s'il essayait à la main ?

Il en était là de ses interrogations lorsqu'un surveillant ouvrit la porte et appela Popineau pour la douche. Le gros pointeur, qui depuis deux jours appréhendait cet instant, regarda son cocellulaire sportif absorbé par bien d'autres soucis et tout à fait indifférent à l'entrée du maton.

— Ben alors, Popineau, vous descendez pour la douche ou…

— Non. Non, je ne vais pas y aller.

— Bon… Alors ce sera pour la prochaine fois.

Le surveillant allait refermer la porte quand Kaczmarek l'interpella :

— Si, si, attendez ! Finalement, il y va. J'ai une idée…

58.

Revenu de douche, l'anus épargné, Popineau, de son oreille entaillée qui cicatrisait, écouta en cellule l'idée du Hongrois :

— Alors voilà ce qu'on va faire, vieux… Le rat va descendre de la table, toi, tu vas t'y asseoir, et moi je vais te dicter un rêve que tu écriras bien proprement. D'accord ? Ensuite, moi, je vais essayer de le recopier, d'accord ?

— D'accord…

Popineau n'aurait pas dû être d'accord… Il n'aurait pas dû ! Mais ça, c'était toute son histoire… S'il n'avait toujours fait que ce qu'il aurait dû, il ne se serait sans doute pas retrouvé en maison d'arrêt. Parce qu'il ne faut pas rêver non plus, il n'y a pas ici que des héros… Les cellules sont pleines d'histoires répugnantes. Circulez sur les coursives ! Par moments, ça flotte dans l'air et devient épais à vous faire dégueuler. Quand même, quand même...

— *Ici, il y a de la merde humaine.*

59.

Une merde humaine, justement, il y en avait une, exposée en vitrine dans la boutique de Popineau. C'était une fausse pour faire des blagues. Pierre-Marie tenait un magasin de jouets et farces et attrapes. Ça lui allait bien comme métier car il aimait attraper les enfants et leur faire des farces :

— L'épée de Dark-Vador contre un doigt dans le cul, ça va ?

Les garçons de sept ans repartaient plus ou moins contents, l'anus en étoile de shérif, mais remuant, dans l'air de la rue, l'épée de *la Guerre des étoiles*.

Un cadeau et tu fermes ta gueule, c'était la méthode de Pierre-Marie.

Il prenait aussi les petites filles par la main, les conduisait à travers le dédale compliqué des rayonnages où étaient empilés des boîtes de dragées au méthylène faisant pisser bleu, des pinces à sucre en forme de dentier, des soulève-plats qui ébouillantent les invités, des bombes algériennes, des couteaux sauteurs, des camemberts musicaux et des pots de moutarde qui, lorsqu'on leur a dévissé le couvercle, laissent s'échapper des diables.

— Viens avec moi…

Popineau conduisait les gamines jusqu'à l'arrière-boutique et là, de l'autre côté du rideau plissé Vichy d'une porte vitrée refermée, il s'asseyait sur une chaise et prenait les fillettes sur ses genoux, agitait et retournait devant leur nez des poupées promises qui pleuraient quand on les renversait ou les pinçait.

— Et toi, tu fais pouêt-pouêt aussi ?

Pas de pénétration phallique, seulement agression sexuelle (seulement ?). Il a pu agir ainsi, pendant vingt ans, sans jamais être dénoncé.

De toute manière, si les enfants avaient parlé, les parents auraient douté car Popineau – gros nounours à l'air débonnaire – était aimé dans le quartier et plaint car sa femme était très malade.

Elle est restée vingt ans alitée au-dessus du magasin – le cœur ! Le cœur usé bien avant l'heure et une tension d'arc façon Robin des bois qu'il lui fallait calmer continuellement à coups de bêtabloquants. Le magasin était à elle. Elle en avait hérité de ses parents. « Au pipeau de la ville de P… » ! C'était une boutique où l'on vendait initialement des partitions de musique et des paroles à chanter dans les rues. Mais, vu le développement de l'industrie du disque et ensuite l'émergence des bandes FM, le magasin s'était retrouvé sans clients.

Popineau le convertit en boutique pour amuser les enfants.

Des enfants, Mme Popineau Guilhène en avait eu deux, des filles : Denise et Chantal, nées d'un premier mariage. Lorsqu'elle a rencontré Pierre-Marie, celui-ci était chauffeur de taxi dans la banlieue parisienne. Il quitta profession et accent parigot pour prendre lui-même les rênes de la boutique périclitante de province car sa femme n'allait plus bien.

Popineau avait violé les deux filles de sa femme – plusieurs fois.

Elles voulurent aller se plaindre auprès de leur génitrice lorsque le médecin de famille déclara :

— Votre maman est maintenant très malade, repos complet. Prenez soin d'elle. Le moindre choc psychologique la tuerait.

Alors les filles se sont tues… vingt ans. Vingt ans emmurées dans leur secret commun. Mais un jour fut le dernier pour Guilhène. Elle s'éteignit, tenant dans ses mains les mains de ses deux filles. Elle mourut, entourée d'amour filial, heureuse, on croit…

L'après-midi même du décès, Denise et Chantal, après être passées chez le fleuriste commander une couronne « À notre chère maman », revinrent faisant un détour par la gendarmerie où elles dénoncèrent le beau-père. Le lendemain, jour de l'enterrement, à la sortie du cimetière, les gendarmes attendirent Popineau :

— Voulez-vous passer par chez vous, retirer vos habits du dimanche ?

Et c'est habillé en clown qu'ils le conduisirent à la maison d'arrêt.

Enculé de pointeur ! À tabasser dans les cours, à balancer par-dessus les coursives…, à enculer sous la douche.

— Le problème, c'est que quand tu regardais les motifs d'incarcération de ceux qui s'en prenaient après lui…, c'étaient des agressions de vieilles, des tortures sur handicapés, des charlatanismes à prix

prohibitifs sur personnes démunies alors, tu sais...
la justice des prisons... Y a à en laisser et à en
laisser...

Popineau vendait aussi des bougies d'anniversaire
qui ne s'éteignent jamais, se rallument sans cesse
telles des plaies incicatrisables.

60.

Mathilde, elle, ne risquait pas de faire de mal à ses
enfants. Car si, depuis que son mari avait été nommé
ici, elle s'était retrouvée trois fois enceinte, trois fois,
bien avant la naissance, les fœtus lui étaient tombés
d'entre les jambes comme des cerises pourries.

Cette malédiction venait de la prison et la maison
de fonction était hantée, Mathilde en était certaine. Et
c'est vrai qu'avant l'arrivée de Van der Beek, les pré-
cédents directeurs logeant ici y avaient connu bien
des malheurs. L'un d'eux avait une fille, Sylvie,
partie en auto-stop sur la route de Noirèche. On l'a
retrouvée trois jours après tuée de quatorze coups de
couteau... Un autre directeur vit sa femme s'y choper
deux dépressions nerveuses et filer en hôpital psychiatrique. Un troisième fut incarcéré dans sa propre
maison d'arrêt parce que son fils piquait dans la
caisse (le père lui avait donné la combinaison du
coffre). On retrouva le rejeton malhonnête après qu'il
se fut égorgé dans la cuisine de la maison de fonction.

Le directeur qui suivra Van der Beek refusera d'habiter ici.

La prison tape sur le système. Elle est stressante, inquiétante et déstructurante, ne facilite donc en rien l'émergence de la vie. Des colombes âgées, franchissant le mur d'enceinte, s'y attrapaient des crises cardiaques. Leur vol n'avait plus alors de loi divine, sinon celle des cailloux qui tombent. Il neigeait des colombes sur des chiens durcis qu'on retrouvait les pattes en l'air.

— Je ne sais pas si c'est vrai mais on raconte que le premier incarcéré de Fleury-Mérogis fut l'architecte qui l'avait bâtie.

La maison de fonction était hantée. D'ailleurs Mathilde avait, plusieurs fois, fait venir l'aumônier pénitentiaire afin qu'il la bénisse et l'exorcise, mais rien n'y fit. Pourtant, depuis la prise de fonction de son mari et de fausse couche en fausse couche, Mathilde était devenue très pieuse et vouait maintenant une grande dévotion au pape. Elle considérait comme choquante l'utilisation du préservatif : « En tout cas, moi, je n'en mettrai jamais. » Elle votait pour des partis douteux prônant le développement de la natalité en France et allait, en autocar avec d'autres intégristes, s'enchaîner aux grilles de maternités locales où l'on pratiquait l'avortement : « Une honte ! » s'exclamait-elle.

Denis, montrant des trésors de patience, ne pouvait qu'assister, impuissant et désemparé, à la métamorphose de sa femme. De lubies en lubies fachos, elle déstabilisait son mari, qui pardonnait beaucoup mais, au début de leur rencontre, ne l'avait vraiment pas connue ainsi.

Même physiquement, elle avait vite changé. Elle qui était rondelette et appétissante comme une brioche avait beaucoup minci – le manque d'appétit et de goût à la vie. En quelques années, sa peau s'était flétrie, parsemée de ridules collées aux os. Même l'ossature de son bassin semblait s'être ratatinée… « Ce qui est impossible ! » pensait son mari observant malgré tout la nouvelle allure de garçonnet de sa femme et se demandant comment des enfants pourraient, un jour, descendre à terme de ces hanches-là. Il y avait bien la césarienne, mais Mathilde ne l'atteignait jamais…

Les trois fois où elle s'était retrouvée enceinte, retour de chez la gynéco et la peau encore enduite de crème à échographie, elle avait acheté de la laine spéciale layette qu'elle avait rangée ensuite, en larmes, après n'en avoir tricoté que quelques rangs…

Mais voilà que depuis peu, elle avait ressorti les pelotes et en confectionnait des habits pour son mari. Bonnet et écharpe munis de leurs étiquettes prénominatives sur Denis, la laine ondulait, reprenait vie et ça faisait moins de peine à Mathilde. Et là, à l'ombre humide du haut mur d'enceinte garni de coquillages, sur la balançoire rouillée, elle tricotait des moufles, étirait laine jaune et névrose. Une maille à l'endroit, une maille à l'envers, la peau de ses doigts et poignets était devenue terne et terreuse. C'est le ciel qui fait nos veines bleues !

Son épiderme s'était acidifié et ses baisers avaient pris un goût aigre. Elle se flétrissait malgré tout l'amour de Denis pour elle.

61.

Une autre qui se flétrissait dans la maison d'arrêt, c'était la petite Rose Allain.

— *On en a quelquefois, des comme ça, qui nous arrivent et ce qu'elles deviennent chez nous est triste à voir,* me dit Agnès, la surveillante. *Moi, je les compare à des fleurs sauvages qui ne tiennent pas dans les vases. Sitôt cueillies dans la nature, elles se fanent ici dans nos doigts. Et on ne peut plus rien faire pour elles. En général, ce sont des filles tombées pour rien...*

Huit mois ! À l'annonce du verdict, Rose, ce fut comme si on lui avait tranché la tige.

— *On a vu qu'elle regardait dans le vide. Ça a commencé comme ça, en fait.*

Rose était une fille qui ne pouvait comprendre une restriction du ciel. En cellule, elle faisait couler le robinet à l'intérieur de ses paumes jointes puis allait à la fenêtre pour voir entre les barreaux, dans le reflet de l'eau, passer les nuages...
Elle séchait ses vœux, fixait des silences.

— *Ça a fini qu'elle ne comprenait plus ce qu'on lui disait, quoi. On lui demandait d'aller nous chercher une paire de draps, elle faisait oui, elle partait et, en cours de route, elle se retournait : Vous m'avez dit quoi ? Et si on ne lui répondait pas, elle pouvait rester prostrée longtemps, les bras ballants.*

… n'espérant rien ni évasion.

— En fait, il fallait toujours la stimuler pour la faire repartir. On avait l'impression que son cerveau faisait des arrêts. Il... il s'arrêtait, faisait des pauses. En buanderie, quand elle était de repassage, elle commençait à repasser par exemple un torchon et clac, blocage, elle restait à faire le même mouvement et si on ne faisait pas attention, elle pouvait y rester une heure à faire toujours le même geste, le même aller et retour du bras.

Elle se fanait en fait, elle perdait... Son cerveau s'éteignait et son organisme lâchait prise.

Un midi, à table, au mess du personnel, Agnès racontait la chute de Rose à des collègues quand Cyril, laissant tomber fourchette et couteau, se mêla à la conversation :

— Ah bon ? Mais il faut la sauver !

— La sauver ? Ce n'est pas nous qui l'avons condamnée.

— Oui mais quand même, Agnès, ce n'est pas possible, on pourrait…

— On pourrait quoi, Cyril ?

Tandis que Cambusat cherchait des solutions, Rose perdait la tête et, faisant le ménage, lorsque le jeune surveillant passait au rez-de-chaussée, elle paumait aussi ses pétales par-dessus la coursive. La prison la rendait idiote.

— *Elle entendit ensuite des voix, disait que des gens venaient lui parler derrière la porte. Et, un matin, elle m'a demandé si, le soir, il n'y avait pas des hommes qui entraient dans le quartier des femmes parce que, disait-elle, la nuit dernière, un homme avait ouvert la cellule, était entré, l'avait regardée dormir et était reparti... Elle disait des choses comme ça, quoi... Elle devenait parano.*

62.

Leduc reprend :

— *Plus tard, un matin, elle se réveille et hurle. Moi, je monte comme une fusée : « Qu'est-ce qui se passe ? » Elle courait partout dans la cellule après Lemonnier en disant : « Regardez, elle m'a coupé les cheveux, j'ai les cheveux courts ! » Je la regarde, je lui dis : « Ben, ça va pas, vos cheveux, ils sont toujours sur votre tête. – Mais je vous dis que j'ai les cheveux courts ! » qu'elle reprend. Elle était persuadée que, dans la nuit, l'autre lui avait coupé les cheveux court. « Pendant que je dormais, j'ai senti des doigts et l'acier de ses ciseaux sur ma nuque », disait-elle.*
Un autre jour, où j'étais en forme, pour plaisanter, et j'ai eu tort, je suis arrivée dans leur

cellule et j'ai dit : « *Allez, mesdames, ce soir c'est le week-end, je pars en discothèque toute la nuit et je vous emmène. – Ah ouais, d'accord surveillante !* »

Et donc, cette fameuse nana, la Rose qui avait rêvé qu'on lui avait coupé les cheveux, me dit : « *Et moi aussi, hein, madame, moi aussi, vous viendrez me chercher ?* » Je lui réponds : « *Non, non, pas vous, parce que vous n'êtes pas sympathique et puis vous avez les cheveux courts.* » Elle pleure : « *Mais je vous promets, je me tiendrai gentille, je veux aussi aller à la boîte de nuit et tout...* » Elle s'est mise à pleurer. Je reviens le lundi. Les détenues me disent : « *Madame Leduc, c'était bien, hein, la boîte samedi soir ? – Oh, je dis, c'était bien, on s'est bien amusées.* » Et l'autre qui se remet à pleurer : « *Waouh ! Et vous ne m'avez même pas réveillée. Moi j'ai dormi parce que je prends des cachetons alors je ne vous ai pas entendues partir parce que sinon, je serais venue avec vous...* » Elle était complètement rentrée dans le truc... Elle avait cru que j'étais allée en boîte de nuit avec Desîles et Lemonnier... Elle avait cru ça. Une gamine de dix-neuf ans en études de lettres !

63.

S'amusant à faire glisser sur son visage une mèche de cheveux blonds coupés et retenus par un élastique administratif, Cyril, au bureau de la censure, lisait le courrier de Kaczmarek destiné à chère Anne…

Des mèches de cheveux comme celle qu'il retenait entre pouce et index, il en trouvait souvent dans les lettres adressées aux détenus. D'ailleurs Cyril croyait se rappeler qu'un jour, Kaczmarek en avait reçu une aussi… Une mèche de cheveux de femme qu'on fait glisser sur ses lèvres, c'est déjà un peu elle qu'on embrasse.

Mèche de cheveux maintenant coincée entre la base du nez et sa lèvre supérieure qu'il avait relevée, le gracile petit surveillant acnéique semblait avoir une terrible moustache blonde de guerrier gaulois. Et c'est ainsi, sourcils froncés et faux air terrible, qu'il lut la lettre du Hongrois, du moins qu'il essaya.

L'écriture y était moins que primaire, quasi illisible, niveau première année de maternelle. Elle était pleine de pâtés et de ratures, d'éclats d'encre, d'empreintes de doigts. Visiblement, l'auteur de cette lettre n'était pas habitué au maniement du stylo plume… ni à écrire souvent sans doute… car ça ondulait, donnait mal au cœur, n'arrivait jamais à se maintenir sur l'horizontale.

Cyril se fit quand même un point d'honneur à essayer de déchiffrer un peu de ce galimatias de signes enchevêtrés. Il commença à en lire quelques mots. La moustache lui en tomba du nez !

Il fut immédiatement ébloui par la beauté de ce qu'il lisait. On aurait dit un rêve écrit…

Ah lui, quoique bac plus cinq et major à l'agrég, comme il aurait aimé pouvoir glisser une lettre aussi bien sentie sous la porte de celle dont il reniflait la mèche de cheveux à très délicate odeur de nuque.

118

Admiratif pour le calligraphe maladroit, sur la lettre à chère Anne, Cyril apposa le tampon censure comme s'il avait collé dix et les félicitations du jury.

64.

À l'intérieur d'une salle de bains, dont le miroir au-dessus du lavabo était envahi de buée, dans une cabine de douche aux parois translucides et dépolies, Anne Colas-Roquet, en silhouette indistincte nue et rose, ondulait, s'aspergeait d'eau brûlante.

Des colonnes de vapeur s'élevaient au plafond, gouttaient ensuite par-dessus des pots de fond de teint posés sur une tablette. La correspondante était allée faire sa toilette après avoir décacheté une nouvelle lettre de la maison d'arrêt. Lorsqu'elle découvrit le mot « censure » apposé sur l'écriture, elle fit la moue. À chaque fois, cette tâche administrative réveillait en elle une profonde douleur. À chaque fois, il lui fallait ensuite aller pratiquement s'ébouillanter afin de souffrir d'autre chose et d'essayer d'oublier, un temps, ce tampon rouge.

Censure.

Les gouttelettes éclatantes ruisselaient et frappaient les cloisons de la douche, brouillant l'image d'Anne. Et ça sentait l'essence d'eucalyptus !

Dans ce hammam de violence, Anne repensait à la lettre reçue. Quatrième écriture… Mais combien seraient-ils donc à la fin, dans la cellule, à correspondre amoureusement avec elle ? Et pourquoi l'un d'entre eux avait-il recopié si maladroitement une lettre déjà adressée par un autre ? Anne n'y comprenait rien, tout comme elle ne comprenait plus son entêtement depuis l'adolescence à ne rêver comme amants improbables, à ne vouloir correspondre qu'avec des détenus durant leur incarcération. Ah, comme elle en avait déjà aimé, sans jamais les rencontrer, des assassins, des voleurs.

Mais à quoi tout cela servait-il et où ça pourrait bien la mener un jour ? Y avait-il une issue pour celle dont l'homme idéal aurait été un condamné à perpète ? Un beau criminel qui vous écrirait toujours l'amour et qu'on ne verrait jamais... Le charme de l'assassin lourdement condamné ne bénéficiant surtout d'aucune remise de peine... De dos, à travers les parois en plastique de la douche, les pensées d'Anne et la masse de sa longue chevelure châtaine balançaient dans l'étuve. Elle se retourna, un triangle flou ondula plus bas. Elle ressentit une vibration pour tous ces hommes, signant Sergueï, qu'elle ne connaissait pas. Ah, comme ils devaient haïr l'endroit où ils étaient ensemble réunis et comme elle aurait aimé, Anne, après l'extinction des feux, pouvoir traverser les murs, se glisser nue dans les spirales des coquillages et se retrouver dans leur cellule pour les prendre tous dans l'enclos de ses bras. Leurs têtes ignobles qu'elle aurait réconfortées contre ses épaules d'innocence et ses seins. Les jambes qu'elle aurait écartées.

Elle ouvrit la porte de la cabine de douche.

65.

« Je t'aime, ô ma prison. »

Un seul, ici, aurait pu écrire ce graffiti sur les murs, était content d'être là et retardait sa sortie autant qu'il le pouvait, c'était Jacky Coutances.

Sauf pour la liberté bien sûr, tout de même, il ne voulait pas quitter la maison d'arrêt. Condamné à perpétuité pour triple meurtre, si la cassation échouait, il allait être muté en centrale. Il en serait alors fini de son histoire d'amour avec celle qu'il croyait s'appeler Elsa.

« Je t'aime, ô ma prison. »

D'appels en contre-expertises, il avait retardé autant qu'il avait pu son transfert de la maison d'arrêt mais là, arrivant au bout des requêtes, Barbe-Bleue maigrichon se languissait aux barreaux.

Il existe trois sortes de prisons : les maisons d'arrêt, les centres de détention et les centrales. Dans les maisons d'arrêt sont incarcérés les prévenus et les peines de moins d'un an. De un à dix, c'est le centre de détention. Au-delà et perpétuité, ce sont les centrales.

Là-bas, les prisons ne sont pas mixtes.

— Les mecs en sortent détruits...

Alors à Coutances, rat promis à Clairvaux, il ne restait plus que ça comme femme à aimer : une voix de l'autre côté de la cour et les doigts tendus à travers les trous du grillage – le parloir sauvage. Il voulait la vivre, cette histoire, la dernière, même si elle marchait sur la tête, n'avait aucun sens et pas d'avenir, bien sûr pas d'avenir, il s'était pris longue peine. À l'annonce du verdict, il s'était étonné du terme et demandé pourquoi on ne condamnait pas plutôt à une longue punition. Longue peine... Cela faisait comme si on était condamné à une grande tristesse.

Et Jacky savait qu'il allait bientôt partir vers un immense chagrin...

Il disait le contraire à Elsa, lui promettait la révision du procès, le tapait dans la poussière des grillages, mais n'y croyait pas.

« Je t'aime, ô ma prison. »

Il voulait encore rester un peu ici, dans cette île d'amour pour lui, continuer d'y avoir ses rendez-vous à la fenêtre. Et tant pis s'il n'avait jamais vu l'aimée, ne savait rien d'elle, ne la verrait jamais, mais c'est si bon d'avoir une femme à qui dire bonjour, le matin... Et la réponse de sa voix venant du bâtiment d'en face. L'homme est rassuré lorsqu'il entend l'écho.

Encore quelques mois, quelques semaines, parce que ensuite...

L'hiver dernier, Corinne et Jacky s'étaient souvent écrit « Je t'aime » dans la vapeur des vitres bleues et blêmes.

66.

Le bricard Bailhache entra dans la cellule :

— Coutances, descendez de la table. Popineau, à la douche.

Le pointeur regarda l'athlète.

— Allez, Popineau, reprit le surveillant principal, cette fois-ci, pas d'histoires, on y va.

Le marchand de jouets et de farces et attrapes descendit de son lit en faisant la gueule. En passant devant Coutances, celui-ci lui murmura :

— Ne crie pas…

67.

L'histoire très grave qui a conduit Coutances aux assises est une affaire assez dégueulasse. Dans une petite ville de province, il avait trois maîtresses qui se chamaillaient sans cesse entre elles et le sommaient de choisir, lui faisaient des scènes.

Fatigué de ces jérémiades, un jour, il les a convoquées ensemble chez lui. Le lendemain, il a changé la moquette, et les familles n'ont plus revu aucune des trois femmes.

On n'a jamais retrouvé les corps. Lui disait qu'il n'avait pas à s'en expliquer puisqu'il était innocent.

C'était un type de réputation brutale qui avait eu affaire à de nombreuses reprises avec la justice pour des actes de violence. Il cognait les femmes, mais fort ! Sinon, c'était un personnage assez attachant, manipulateur sur les bords. Il savait prendre un air catastrophé si bien qu'on avait de la compassion pour lui et sa voix douce. Finalement enjôleur, on comprenait qu'il ait pu séduire des femmes.

Il faisait commerce de vieilles voitures américaines, les trafiquait.

Au début de son incarcération, il voulut rencontrer l'aumônier pour parler et aussi parce que, se prétendant innocent, il voulait savoir à qui s'adresser, s'estimant susceptible de faire éclater ce qu'il appelait une erreur judiciaire.

Dans son dossier, il y avait le pire et le meilleur. Le meilleur, c'est le fait que des témoins ont dit avoir rencontré deux des présumées victimes quelques jours après le prétendu meurtre. Le pire, c'est le récit et les témoignages à la barre de ses violences passées. Il reconnaissait avoir été coléreux et aussi le fait qu'il y avait manifestement des points troublants dans son dossier : par exemple, la moquette de son appartement dans lequel il aurait tué ses victimes et qui avait été enlevée par ses soins le lendemain. Des voisins l'avaient vu descendre les rouleaux usagés et avaient remarqué du sang dessus. Ce à quoi il avait répondu, et ça a été prouvé effectivement, que, quelques jours avant, il était tombé chez lui – plaie crânienne, et on sait que ça saigne abondamment. L'ennuyeux, c'est qu'il ne se rappelait plus ce qu'il avait fait de la moquette. Courte absence de mémoire due à la plaie à la tête, plaida-t-il devant un jury populaire perplexe.

Pas de témoin de moralité en sa faveur. Il s'était emmêlé dans les horaires, n'avait aucun d'alibi. Coutances en voulut ensuite à son avocat parce qu'il lui reprochait de ne pas avoir mis assez en évidence ceux qui ont vu les victimes. Et c'est vrai que, dans le dossier, on s'aperçoit que tout a été instruit à charge contre lui. Il était le coupable idéal à cause de son passé. Il séduisait puis frappait. D'autres ex-maîtresses (il en a eu un nombre incalculable) ont toutes dit qu'il avait été très violent avec elles, les avait chacune, plusieurs fois, menacées de mort.

Au total, c'était un homme d'un abord sympathique mais quand vous lisez son dossier, au bout d'un moment, vous frémissez. C'était un gars que l'aumônier a vu pleurer.

Le jour du prétendu meurtre, les voisins avaient entendu du bruit et des cris. « C'est vrai, disait-il, que ça bardait alors je suis parti : j'étais tellement excédé. Et quand je suis revenu, elles n'étaient plus là. Où sont-elles passées, qu'est-ce que j'en sais, moi ? »

Dans la maison d'arrêt, il était méprisé par les surveillants, mais ses codétenus de la coursive des hommes n'ont pas gardé un mauvais souvenir de lui. Il avait obtenu que le prix de la Ricoré que les gars cantinent soit baissé. Effectivement, le tarif avait été majoré de façon scandaleuse. L'a-t-il fait pour redorer son blason ? Il râlait aussi contre la promiscuité des douches et ne comprenait pas le dédain vis-à-vis des pédophiles, disait même que c'était choquant, le mépris des détenus à l'égard des pointeurs. Il faisait exception à la règle.

Il ne parlait jamais des disparues, n'exprimait pas de manque particulier. Il fut condamné à perpétuité sans victimes, preuves ni aveux, uniquement sur présomption. Il assistait au culte. Sa foi était-elle authentique ou feinte ? Il assistait aux études bibliques du pasteur. Il participait, mais est-ce que sa conviction était profonde ? Sado maso au début de son incarcération, il se blessait avec un rasoir, se masturbait et éjaculait sur ses propres plaies. Mais, depuis sa rencontre avec Lemonnier (la monstre à la fenêtre), il s'était calmé. Lorsqu'on lui demandait où étaient les corps, il répondait :

— Je suis innocent comme l'agneau qui vient de naître.

68.

À l'heure exacte, Cyril arriva au bureau du directeur de la maison d'arrêt.

— Entrez, Cambusat.

Le jeune surveillant boutonneux, qui avait pris rendez-vous, pénétra dans l'antre sombre de Van der Beek, referma la porte et retira sa casquette à visière qu'il tint devant lui entre ses mains.

Un fin rayon de lumière violente, provenant de l'entrebâillement des rideaux de la fenêtre, éclaira la coiffure d'uniforme comme un projecteur. Des poussières s'en envolèrent, scintillèrent en paillettes d'or dans le rayon. On aurait dit qu'un rêve s'élevait de la casquette administrative de feutre bleu. Van der Beek la regarda. Depuis que des détenus l'avaient piétinée

dans la cour de promenade, le premier jour d'incarcération de Popineau, Cyril avait plusieurs fois tenté
d'en effacer les traces, mais il y subsistait encore la
marque caractéristique d'une semelle.

— Quelqu'un vous a marché sur la tête,
Cambusat ?

Cyril devint écarlate.

— Heu... Je n'aurais pas dit ça comme ça, monsieur le directeur. Vous savez, en fait, c'est une fille
qui n'a pas eu de chance. Et puis huit mois pour dix
grammes surtout qu'elle ne supporte pas la prison...
D'ailleurs une surveillante dit qu'elle est une fleur
sauvage qu'on ne peut rempoter. Alors moi, je me
disais que, comme c'est un cas pathologique, peut-
être qu'il serait possible de... Saviez-vous que, l'autre
soir, elle a vraiment cru qu'elle allait partir en boîte
de nuit ?

En bafouillant et bégayant son propos, Cyril faisait
tournoyer nerveusement la casquette entre ses mains.
Le directeur, souriant, l'écoutait tout en observant,
derrière Cambusat, un poster de Magritte punaisé sur
le mur d'en face. L'œuvre belge représentait un
homme en veston avec une pomme à la place de la
tête et, sur la pomme, un chapeau melon retourné ser-
vant de nid à des oiseaux.

Pour le directeur, le tableau du peintre était aussi
surréaliste et énigmatique que le discours du surveillant. Van der Beek aima bien. Cyril continua. En
confiance, il devint plus clair dans sa requête,
défendit la cause de Rose Allain, évoqua une
demande de mise en liberté provisoire, sortit de sa
poche un rapport d'incident, écrit par lui et destiné à

la commission d'application des peines qui statue sur d'éventuelles réductions.

Le directeur, soucieux du clapotis des cœurs, l'écoutait, coudes au bureau et la tête entre les mains. L'image doublée du surveillant s'agitait dans le reflet des verres de ses lunettes rondes.

— Elle est jolie ?

Cyril piqua un fard, bafouilla que ce n'était pas le propos. Le directeur tourna vers lui-même une photographie de Mathilde en maillot sur la plage, demanda :

— Comment sont ses hanches ?

Cambusat, étonné, écarquilla les paupières et ne sut que répondre : « Rose est blonde » et, pour preuve, il sortit de sa poche, agita une mèche de cheveux retenus par un élastique administratif.

— Ce sont ses cheveux ?

— Oui.

Le directeur se leva, passa devant un sablier et des livres de droit enfermés dans une armoire grillagée :

— Avant d'envisager une conditionnelle ou un aménagement de peine comme la semi-liberté, il faudra la faire observer par un psychiatre du SMPR… J'alerterai la chef de détention.

Van der Beek arriva devant le rideau de la fenêtre, le souleva. Une plaie ouverte de lumière inonda tout le bureau. « En tout cas, vous avez la foi et je vous comprends. Ce serait effectivement dommage qu'elle s'abîme ici », dit-il, observant sa femme faisant le poirier dans la cour (ce matin, ils avaient fait l'amour et elle ne voulait pas que les spermatozoïdes retombent). Le directeur se retourna. Le rideau s'abattit. Le souffle de l'air fit vibrer la laine d'une écharpe et

128

d'un bonnet. À Cyril, qui allait ouvrir la bouche, le directeur fit : « chut… »

69.

Popineau rentra de la douche, s'assit sur son lit, ne dit rien. Kaczmarek regarda le gros. Pour s'excuser, expliquer qu'ici c'était chacun pour sa peau, il ne trouva pas les mots. Les sentiments gelaient dans sa bouche, ne pouvaient quitter ses lèvres (sinon il aurait dicté son courrier lui-même). Alors il décida de tendre au vieux toutes les lettres existantes d'un coup, et à lui d'en faire des phrases, de les remettre dans l'ordre – Kaczmarek posa le paquet de pâtes-alphabet entre les jambes du pointeur. Cela rappela à Popineau l'époque où il faisait des cadeaux aux enfants.

70.

La nuit qui suivit fut une nuit de Quatorze Juillet. Dans les cellules, on entendait des bruits lointains de pétards et des départs de feux d'artifice provenant de la ville. La musique des bals, le flonflon des guinguettes et les klaxons des autos.

De l'autre côté de la coursive, les fenêtres des détenus maghrébins ou noirs donnaient sur le pont des

Fusillés. Des amis ou fiancées d'incarcérés s'y garaient, les appelaient. Ceux-ci indiquaient l'emplacement de leur cellule en agitant un briquet à la fenêtre. Les amants séparés font des gestes hagards. Les lampes des miradors éclairaient les nuages.

Il y avait aussi des plaintes, des cris et des pleurs. Des types s'engueulaient, et ça tapait dans les murs des voisins.

L'été, ils sont plus énervés parce qu'il fait très chaud et qu'ils ont du mal à dormir. Prenez les évasions, les émeutes pénitentiaires, elles ont toujours lieu quand il fait beau. Mais s'il fait froid, il n'y a pas de détenus dans les cours de promenade. Les mecs restent enfermés dans les cellules et ne sortent plus. Quand il fait des temps exécrables, qu'il pleut, les surveillants sentent que c'est très calme, même la nuit. Les fenêtres sont fermées et les gars s'endorment sous les couvertures, l'horizon dans leurs bras repliés. Mais quand il fait chaud, dans certaines cellules, tu ne peux pas tenir et puis, attends, quand t'entends dehors, le Quatorze Juillet, que t'entends les fanfares...

71.

Encore une qui commence...

Après les coups de louche matinaux lancés dans les portes, Kaczmarek, celui qui ne savait ni lire ni compter, fut convoqué pour une audience au greffe.

C'est Benoît Beaupré qui le conduisit dans le vacarme à travers les coursives jusqu'au bâtiment administratif. Le Hongrois, gars bien balancé par la vague et le vent, croisant des voleurs, des braqueurs et des tueurs, se demanda ce qu'on lui voulait. Il espérait ne pas avoir été dénoncé par un pointeur pour deal de came, pensa à Popineau qui avait quand même quelques raisons de lui en vouloir.

Mais, au bureau du greffe où il avait déposé ses empreintes le premier jour de son incarcération, on lui tendit un papier avec une date et il entendit ceci de la bouche de Bailhache :

— 8112 A, vous avez touché trois semaines de remise de peine. Vous deviez sortir le douze août. Votre nouvelle date de libération est le vingt juillet, huit heures.

— C'est quand ?

— Dans six jours.

— Ah bon ?

— La commission s'est réunie. Vous bénéficiez du décret de la présidence de la République pour le Quatorze Juillet, et la fiche surveillant « comportement de la vie courante » vous a été favorable.

Celui qui avait été arrêté pour coups et blessures ayant entraîné d'une part, la mort et, d'autre part, le handicap à vie d'une future mariée, arrivait donc au bout de ses quatre années d'emprisonnement. Ne sachant pas compter, il l'ignorait.

— Habituellement, les gars savent quand ils vont sortir. Ils calculent les jours et connaissent leurs réductions de peine. Ce sont des détenus qui, le matin de leur levée d'écrou, t'attendent les valises

à la main et le nez collé à l'œilleton. *Tu ouvres la porte pour le petit déjeuner, le mec, il se barre. Tu lui dis : « oh là, oh là, deux secondes... »*

Mais t'en as d'autres, beaucoup, qui s'emmêlent dans les jours, les mois et les années. Ils ne savent plus où ils en sont, s'il faut déduire les jours fériés, alors ils attendent, paumés dans les dates. Et toi, un jour, t'arrives, tu ouvres la porte de la cellule et tu dis : « Dupont, libéré. » Le mec te regarde : « C'est pas possible ? Vous êtes sûr ? » Tu répètes : « Dupont, libéré. » « Attendez, vous êtes sûr que c'est moi ? » « Si, si, c'est bon, moi j'ai ça sur ma liste : Dupont, libéré. » Alors le mec, il dit au revoir à tout le monde : « bon, je me casse... C'est sûr, surveillant, c'est pas une connerie ? » « Si, si, c'est bon. »

Mais il n'y a pas que les détenus qui s'embourbent dans les dates. J'ai connu un gars, on est allé le chercher en catastrophe à huit heures du soir après le dîner en lui disant : vous êtes libéré. Et l'autre, il se demandait ce qu'il lui arrivait et tout. On l'a libéré et, en fait, il était en détention arbitraire. On avait mal calculé sa peine. Il en était à deux mois de trop ! Et ça, on n'a pas le droit, c'est interdit...

72.

Kaczmarek réintégra la cent huit en disant :

— Encore six, les gars, et je me barre d'ici. J'ai gagné trois semaines grâce aux bals musettes d'hier soir.

Entendant ça, Coutances, debout sur la table et les doigts noués aux barreaux, fit la gueule, jaloux. Pour lui, perpète moins trois semaines n'avait pas de sens. Ça n'en avait pas non plus pour Popineau qui, de par la nature même de son crime, n'était pas concerné par les grâces présidentielles – en sont exclus ceux tombés pour la came, les agressions d'enfants, les viols ou les coups portés aux forces de l'ordre.

De nature secrète, Sergueï n'avait pas eu envie de dire à ses cocellulaires la bonne nouvelle le concernant. Mais il y était pourtant bien obligé car il fallait maintenant prévenir chère Anne de sa date de sortie inscrite sur le papier qu'on lui avait donné au greffe.

Il hésita. Qui écrirait à la douce dont il ne connaissait pas l'adresse personnelle ? Popineau ou Coutances ? « Pouf, pouf, c'est toi qui... » Il choisit Coutances. Il savait qu'en échange de la demi-barrette de shit qu'il lui restait, l'autre écrirait sa lettre.

— Et ne te goure pas de jour, hein ! Fais voir...

Kaczmarek vérifia que la date écrite par Coutances avait bien le même dessin que celle figurant sur le papier qu'on lui avait donné :

— Bon, ça va... Décris-moi aussi physiquement parce que si on était plusieurs à sortir en même temps, j'aimerais pas qu'elle se barre avec un autre...

Coutances reprit le stylo à la plume très abîmée et osa écrire : « Je suis petit, malingre, fourbe et je ressemble à un rat. »

Le Hongrois, qui décidément se méfiait beaucoup, demanda à Pierre-Marie : « Prends sa lettre et lis-moi ce qu'il a écrit. » Coutances fut impassible. Le pointeur regarda la missive puis lut : « Je suis beau, grand et je ressemble à un athlète. »

Le vieux n'a pas balancé le triple meurtrier car il savait qu'il allait rester en cellule avec lui. Et puis il avait encore en tête, et dans le pantalon, le souvenir cuisant de sa dernière douche. Alors pourquoi aurait-il agi autrement ? Il n'avait aucune raison d'aider Kaczmarek. Le pointeur commençait à bien assimiler le mode de fonctionnement de la vie carcérale.

73.

Et l'apathique Pierre-Marie, dès lors, se désintéressa du sort du Hongrois... Torse nu et de longs poils lui coulant des épaules et du dos, assis sur son lit, jambes repliées qu'entouraient ses bras, il regardait un nouveau reportage animalier à la télé.

On y racontait la vie du paresseux – mammifère édenté à mouvements très lents qui vit dans les arbres des forêts tropicales. Cet animal arboricole disgracieux et grassouillet pend souvent aux branches basses comme un gros fruit de vingt kilos ou reste longtemps accroché aux troncs près des herbes. Et là, il dort... Les trois longues griffes de chacun de ses membres ne servent qu'à l'empêcher de tomber. Absolument sans énergie – incapable d'effrayer un papillon posé sur son nez –, il prospère étonnamment dans la jungle sans aucun moyen de défense ou d'attaque (pas de cornes ou sabots à lancer dans les gueules ni la moindre quenotte). Sa lenteur infinie l'empêche aussi de fuir. Et pourtant, il vit sans angoisse particulière au milieu des fauves qui le découvrent à l'entrée des clairières, les crocs acérés de convoitise. Mais sitôt qu'ils l'ont un peu approché, les tigres, panthères ou pumas, circulant dans ces forêts-là, continuent leur chemin comme s'ils n'avaient pas remarqué le cul pendu, gras et offert du paresseux.

Et l'autre qui regarde passer les fauves en mâchouillant des feuilles d'eucalyptus...

La nature est bien faite, et le paresseux, moins con que ne le laissent supposer ses doux yeux maquillés de travelo. Afin de pouvoir continuer d'exister au milieu des prédateurs, il a eu un jour une idée géniale que le spécialiste des farces et attrapes de la cellule cent huit apprécia à sa juste valeur.

Le paresseux mange des feuilles d'eucalyptus !

Cela ne nuit pas à sa santé mais empoisonne sa chair, le rend toxique, et quiconque plantera ses crocs dans son cul en crèvera.

Après sans doute quelques expériences malheureuses, ça s'est vite su parmi les fauves de la forêt tropicale. Alors, depuis, le paresseux y cohabite peinard, tous les carnassiers sachant qu'il est imbouffable.

— Mangez-moi si vous voulez, mais après, gare...

Ce reportage intéressa beaucoup Pierre-Marie Popineau.

74.

De l'autre côté de la cour de promenade, au petit quartier des femmes, cellule deux cent neuf, la jeune toxico blonde Rose Allain en soutien-gorge, assise au bord du lit et les jambes pendantes, découpait des cœurs dans du papier à lettres qu'elle disposait ensuite autour de ses fesses. Lit du dessous en face, Corinne Lemonnier, elle, allongée sur le ventre, écrivait au directeur de la maison d'arrêt : « Monsieur, je veux me marier avec Jacky Coutances et avoir un enfant. Comment dois-je m'y prendre ? » Quant à la métisse infanticide Nadège Desîles, debout devant la petite et haute fenêtre, elle déchirait des lambeaux de manches de ses chemisiers qu'elle nouait ensuite en rosettes multico-lores autour du barreau Henri. Dans des bourdonnements de mouches et d'abeilles, celui-ci, droit, noir et imper-turbable, se dressait comme une décision de justice, taché de café, poisseux de confiture à la fraise et blanchi de traces séchées de yaourt sucré.

Tout ce petit monde féminin incarcéré était concentré, chacune dans sa névrose ou lubie. Aucune des trois femmes n'avait remarqué que, depuis un moment, la languette de l'œilleton de la porte était relevée. De l'autre côté, la massive surveillante Leduc, penchée en uniforme bleu marine à boutons de cuivre, les observait en souriant. Elle tourna la clé dans la serrure et dit :

— Desîles, libérée.

75.

Van der Beek, après sa balade matinale autour de la façade extérieure du mur d'enceinte de la maison d'arrêt, après avoir laissé traîner sa main sur les coquillages incrustés, shooté dans une cerise, arriva à dix heures à son bureau.

Il retirait écharpe et bonnet en layette pour les accrocher à la patère et aussi sa veste lorsqu'il s'aperçut, remontant et roulant ses manches de chemise et déboutonnant son col, que la détenue du service général qui faisait le ménage dans son bureau avait ouvert les rideaux.

Forte chaleur sur toute la France ! Denis, qui avait écouté la météo à la radio, voulut tirer les voilages quand il découvrit que sa femme faisait encore le poirier dans la cour à l'ombre d'un fourgon de police garé. Il eut un rictus sur la bouche lorsque ça frappa à la porte de son bureau.

— Entrez.

Agnès Leduc entra, impressionnée, tandis que Denis refermait les rideaux.

— Monsieur le directeur, c'est la chef de détention De Carvalho qui m'a dit de venir vous chercher parce qu'on a un souci, cellule deux cent neuf.

— Deux cent neuf ? Encore Lemonnier qui fait des siennes ?

— Non, là, c'est la métisse qui a jeté son bébé dans le vide-ordures qui nous pose un problème.

— Pourquoi ?

— Elle est libérable aujourd'hui, mais elle ne veut pas partir.

76.

La surveillante et le directeur quittèrent le bâtiment administratif et traversèrent la cour d'honneur au pas de charge. Les semelles de crêpe de Van der Beek malaxaient la poussière d'entre les pavés disjoints :

— Comment ça, elle ne veut pas partir ?

— Elle ne veut pas quitter le troisième barreau de sa cellule.

Coudes repliés s'agitant au niveau des hanches, l'ancienne championne cavalait comme une véritable troisième ligne. Elle fit semblant de ne pas remarquer la femme du directeur faisant le poirier dans la cour. Celle-ci, tête à l'envers, vit courir et passer son mari. Elle en tomba et roula dans la poussière.

Ils croisèrent Beaupré, rejoignant le quartier des hommes, des dossiers sous le bras. Agnès fit un petit signe de la main à Benoît.

Gravissant devant son supérieur l'escalier de fer rouge de la détention des femmes, Leduc expliqua :

— De Carvalho lui a dit qu'on allait quand même la foutre dehors, mais l'autre a répondu que, si l'on faisait ça, elle agresserait le premier enfant rencontré sur le trottoir et qu'alors, on serait bien obligé de la réintégrer.

Denis regarda les larges hanches et grosses fesses de la surveillante. Celle-ci, arrivée au premier étage, rejoignit l'autre escalier menant au deuxième niveau et continua :

— On lui a dit que si elle revenait, de toute manière, on ne la mettrait pas dans la même cellule. Mais elle a répondu qu'elle s'en foutait et qu'elle le ferait quand même.

— Ah là, là…, fit le directeur accédant à la seconde coursive et découvrant la porte grande ouverte de la deux cent neuf.

En y entrant, il s'exclama :

— Bon, alors qui veut rester ici ?

— Pas moi, pas moi ! s'exclamèrent en chœur Allain et Lemonnier.

La chef de détention des femmes allait lui décrire la situation quand Van der Beek l'interrompit : « Je sais. » Puis il se tourna vers Nadège :

— Alors, c'est vous qui vous plaisez tellement chez nous. Pourquoi ?

— Je veux rester avec mon mari.

— Votre mari ?

— C'est… le troisième barreau, expliqua Leduc.

Henri, entouré de croûtons de pain, était enrubanné comme un totem. Le courant d'air provoqué par la porte ouverte faisait onduler ses fanfreluches décoratives.

— Je ne veux plus jamais être séparée de mon mari, bouda la métisse, les bras en croix contre le mur sous la fenêtre.

Le directeur observa les photos punaisées des enfants de Nadège, dont celle du bébé qu'elle avait tué. Il s'approcha de l'infanticide… Rose descendit de son lit, Corinne se recroquevilla sur le sien, Nadège sortit d'une poche de sa blouse un ressort de lit aiguisé dont elle menaça le directeur.

Les surveillantes allaient intervenir quand Denis leur ordonna : « Laissez, laissez... Ne nous affolons pas. On va sûrement trouver une solution... Ce qu'il faut, c'est toujours rester très calme. » Et il s'assit sur le lit de Desîles, tapota la place à côté de lui pour inviter la métisse à s'y asseoir. Celle-ci s'exécuta, méfiante. Van der Beek tourna la tête vers la fenêtre :

— Je l'aime bien, moi, ce barreau... J'aime les images simples. Donc, vous aussi ?

— Je ferais n'importe quoi pour mon mari.

Denis se retourna et regarda derrière lui la photo du bébé :

— C'est déjà fait...

Puis il entoura d'un bras les épaules de la malade :

— Avez-vous compris, Nadège, qu'ici, nous ne sommes pas tout à fait dans un hôtel ?

— Oui.

— Mais, malgré tout, vous ne voulez pas quitter Henri ?

— Non.

— Bon... (Van der Beek se leva.) C'est une situation inédite qui mérite réflexion...

Dans la cellule, depuis un moment, ça cognait dans le mur de la porte... Le directeur se retourna et vit la petite blonde avancer de trois pas et taper de la tête contre le mur, y rebondir, reculer puis avancer de trois pas et taper de la tête contre le mur... Il interrogea du regard les surveillantes.

— C'est Rose Allain..., murmura Leduc.

— Ah, c'est vous ? se leva Van der Beek, s'interposant entre elle et le mur.

Il reçut la détenue dans ses bras et dégagea les cheveux blonds autour de son visage boudeur : « Allons, allons, n'abîmez pas une si jolie figure et puis calmez-vous, calmez-vous, mademoiselle... On va aussi s'occuper de votre cas car quelqu'un vous aime beaucoup, ici... »

La chef de détention eut une mine interrogative, Leduc fut sans expression, Lemonnier s'exclama :

— Ben alors, et moi ? Y a personne qui s'occupe de moi ? Pourtant je vous ai écrit, m'sieur. Je viens de finir la lettre...

— Faites voir. (Le directeur la déplia puis leva les sourcils.) Vous voulez vous marier avec Coutances ?

— Et aussi qu'il me fasse un enfant...

Van der Beek laissa tomber ses bras et la lettre, de découragement :

— Mais vous savez ce qu'il fait aux femmes ?

— Je l'aime.

Pff... Le responsable sortit de la cellule et, tandis que la chef de détention refermait la porte, il lui demanda :

— Rassurez-moi, ce n'est pas dans toutes les cellules comme ça en ce moment ?

— Ben...

Le directeur retraversa la cour vide en rabaissant ses manches de chemise et se disant que le métier de surveillant n'était vraiment pas devenu une sinécure. Accompagné de Leduc, il arriva à son bureau. Sa femme l'y attendait, bonnet et écharpe pendant entre ses mains :

— Tu n'aimes pas nos enfants, Denis ?

— Mathilde, mais qu'est-ce que tu fais là ? s'étonna le directeur, ouvrant les portes grillagées de son armoire, retournant un lourd sablier et sortant un gros livre de droit à la couverture de cuir noir.

— Je t'ai posé une question, Denis…, insista sa femme, tapant de ses petits poings flétris plein de layette sur le bureau. Est-ce que tu aimes nos enfants ?

Le mari s'assit dans son fauteuil et répondit machinalement en cherchant la table des matières du Dalloz :

— Mais oui, bien sûr que je les aimerai, chérie…

— Ah, tu vois, tu en parles au futur, ça veut dire que tu ne les aimes pas encore !

Les grains de mica coulaient dans le sablier. Le directeur referma le livre de droit dans un nuage de poussière qui s'éleva à l'intérieur d'un rayon de soleil provenant de l'entrebâillement des rideaux où l'on voyait un barreau.

— Mais quels enfants voudrais-tu que j'aime, Mathilde ?

— Simone et Christian, voyons. Pourquoi tu ne mets plus leurs vêtements ? agita-t-elle la layette au-dessus du bureau, renversant ainsi pot à crayons et socle à tampons administratifs qui roulèrent et tombèrent ensuite sur le tapis marocain.

— Mais je les mets, se leva le directeur pour tout ramasser et aussi redresser le cadre de la photo de sa femme tombé sur le bureau.

— Ce n'est pas vrai ! Tu ne t'habilles avec que quand tu sais que je te regarde, sinon tu les accroches ici. J'ai découvert le pot aux roses. Tout à l'heure, tu as traversé la cour, gorge et tête nues, parce que tu ne m'avais pas vue.

— Mais si, je t'ai vue derrière le fourgon de police.

La femme pleura.

— Alors c'est encore pire.

— Moi, j'assistais, ébahie, à cette scène de ménage surréaliste, me dit Agnès, et j'étais très gênée. Je voulais sortir attendre dans le couloir, mais Van der Beek me fit signe de rester et prit sa femme dans les bras.

— Écoute, Mathilde, ce n'est vraiment pas le moment. Là, déjà, je suis très embêté avec celle, tu sais, qui a jeté son bébé dans le vide-ordures et...

— J'espère qu'elle a été condamnée à perpétuité, cette salope !

— Ben non, justement, et c'est même un peu là le problème, continua-t-il, accompagnant son épouse vers la porte.

Dans le couloir, il l'embrassa tendrement sur ses larmes : « Pardonne-moi Mathilde » et lui promit : « Ça n'arrivera plus, je porterai toujours Simone et Christian. »

— Déjà que je suis gentille de ne pas te faire marcher dans la journée avec tes babouches..., sanglota sa femme.

— C'est vrai que tu es très gentille, mais sois sans inquiétude. Nos enfants ne me quitteront plus pendant le travail.

— C'est sûr, hein ? dit-elle, lui rendant écharpe et bonnet. Parce que, tu sais, je viendrai vérifier ! le menaça-t-elle du doigt.

— Autant que tu voudras, répondit le mari nouant le ruban de laine à son cou. Mais maintenant, sors un peu. Tiens, va au square et enregistre pour ce soir des rires d'enfants. Ça te fera du bien.

Denis regarda sa femme s'éloigner dans le couloir ressemblant à celui d'une clinique. Il agita la layette de l'écharpe comme une longue langue rose :

— À tout à l'heure, mon amour.

— À ce soir, Denis, répondit la pauvre femme, voûtée comme elle ne l'avait jamais été.

Retour à son bureau, devant Agnès émue par lui, il s'assit, layette à la gorge, des taches de sueur s'élargissant sous les aisselles de sa chemise blanche. Il croisa ses doigts sur le buvard du sous-main de cuir, y posa son front. Agnès vit son crâne nu pailleté de transpiration. Il leva la tête, enfila son bonnet jusqu'aux oreilles et dit :

— Bon, l'affaire Desîles...

77.

— *Sinon, ce jour-là, concernant celle qui ne voulait pas quitter la prison, ça a quand même été assez drôle, reprend Agnès, parce qu'il a fallu revoir le code pénal et tout pour savoir ce qu'on pouvait faire... Le directeur ni personne n'étaient trop au courant. Le fait qu'une détenue refuse son extraction n'avait pas été prévu par la loi...*

— Qu'est-ce qu'on peut faire ? se demanda le directeur en nage, grattant son bonnet et consultant les textes.

— En attendant de prendre une décision pour le lendemain matin, il fallut faire signer une décharge à la métisse pour se couvrir au cas où il lui arriverait un malaise, le feu à sa cellule ou n'importe quoi… Elle n'était plus en détention théoriquement. Ça devenait une détention arbitraire donc la femme devait signer une décharge comme quoi c'est de son plein gré et à sa demande qu'elle restait une journée supplémentaire.

— Elle ne veut pas partir sans son mari…

Agnès, tête tournée vers l'entrebâillement des rideaux, proposa : « J'ai une idée… » Elle l'exposa au directeur qui en fut ébahi :

— Très bien, Leduc !

Le lendemain matin, à huit heures moins le quart, Van der Beek entra dans la cellule deux cent neuf du quartier des femmes avec une scie à métaux :

— Alors madame Desîles, voilà, on a réfléchi. En fait, on va vous laisser partir avec votre mari.

Allain et Lemonnier tournèrent la tête vers la scie posée sur le lit.

— C'est vrai, demanda Nadège, je peux prendre le barreau, là, et m'en aller avec ?

— Attendez, attendez ! Votre mari est un homme donc il doit forcément sortir par le QH, c'est la loi. Vous comprenez la loi, Nadège ?

— Oui, monsieur. On ne peut pas plaisanter avec.

— Vous avez tout à fait raison, alors voilà ce qu'on va faire. Je vais vous accompagner personnellement au greffe pour que vous y signiez votre levée d'écrou, récupériez votre alliance et papiers d'identité puis on passera les sas de sécurité et, devant la porte de sortie, vous retrouverez Henri qui nous y aura rejoints et que vous pourrez prendre par la main.

— C'est sûr, hein ? Parce que, sinon, je reste ici, je reviens dans la cellule, moi !

— Ne vous inquiétez pas... Je vous jure sur ce que j'ai de plus cher au monde, la tête de ma femme, que vous nous quitterez satisfaite.

— Bon...

Après avoir sans rancune serré la main à Lemonnier, embrassé sur la bouche Allain (qui en parut surprise), la détenue suivant le directeur quitta la cellule. Sitôt qu'elle eut descendu des coursives, Leduc dénoua vite les fanfreluches et colifichets d'Henri tandis que Beaupré (ancien ajusteur-fraiseur) finissait de desceller un barreau de la fenêtre du bureau de Van der Beek qu'on apporta ensuite aux cuisines. Là, on l'y tacha de confiture et de yaourt, le saupoudra de croûtes de pain.

Et c'est donc comblée que Desîles, passé les portiques d'alarme, crut retrouver son mari. Elle le sortit du papier journal dont on l'avait enroulé, reconnut sa texture poisseuse, ses traînées blanchâtres et les jolis atours arrachés aux manches de ses différents chemisiers. Elle fut enthousiasmée par le barreau.

— On avait pensé lui en refiler un de rechange, stocké à l'entrepôt, mais elle aurait remarqué son aspect neuf et brillant... C'est pour ça que j'ai eu

146

l'idée de plutôt prendre, dans le bureau du direc-
teur, un de ceux de sa fenêtre qui n'avait pas
grande utilité.

Nadège sortit à huit heures sous le drapeau tricolore devant le directeur soulagé. Les cloches tapaient
à volée, le ciel disait sa messe, et la main du vent salé
pardonnait les péchés. Elle longea le mur incrusté de
coquillages, roula et jeta la feuille de papier journal
taché d'horreurs au pied du cerisier. Barreau à la
main, la silhouette de l'épousée ondulait dans la
lumière et elle tourna à l'angle de la rue des Oiseaux.

— *Est-ce qu'on sait ce qu'elle est devenue,
ensuite, Agnès ?*
— *Des collègues ont d'abord dit l'avoir plusieurs fois repérée sous un porche de la vieille ville
où elle mendiait. Elle avait perdu son boulot de
sage-femme. Quelques semaines plus tard, dans la
page des faits divers du journal local, on a appris
qu'elle avait été retrouvée dans un terrain vague,
la tête cassée près d'une barre de fer tachée de
sang, de cheveux collés et de débris d'os. Un règlement de comptes entre SDF. ? s'était-on demandé.*
— *Peut-être une colère d'Henri...*
— *Tu sais, Jean,* me dit Beaupré, *les êtres qu'on
nous amène ici, on pourrait directement les conduire
à la bibliothèque, ce sont tous des romans. Et s'ils
ne le sont pas encore, ils le deviendront ici.*
— *Moi,* reprend Leduc, *j'ai parfois l'impression
de travailler dans un hôpital fantastique.*

Quand Van der Beek apprendra qu'un barreau de la fenêtre de son bureau est devenu l'arme d'un crime, il retirera son bonnet et passera une main sur son crâne nu.

78.

— *Le lendemain de l'extraction rocambolesque de la métisse, lorsque ça s'est su au quartier des hommes, les mecs étaient fous quoi, parce que eux, quand t'arrives et que tu leur dis : « vous êtes libérés », ils laissent tout comme ça. Ils ne prennent même pas un jean de rechange...*

— C'est pas moi qui insisterai pour rester là, avait promis Kaczmarek, à quatre jours de son départ.
— Moi, je comprends qu'on se plaise ici..., murmura Jacky Coutances.
Popineau, lui, n'exprima aucun avis. L'heure du déjeuner était passée. Des surveillants allaient bientôt ouvrir les portes pour ramasser les plateaux-repas, plus ou moins vidés de la nourriture infecte qui y avait été servie.

— *Ce sont des plateaux en inox avec trois cavités dont une pour la viande (toujours la même, j'ai jamais su ce que c'était) et un dessert. On leur donne les plateaux complets comme dans les avions. Mais c'est tellement mauvais qu'ils en balancent la moitié dans les chiottes donc, du coup, les chiottes sont bouchées alors ils doivent ensuite mettre les mains dans les cuvettes pour les déboucher. Ils jettent parce que, s'ils ne rendent pas les plateaux vides, certains surveillants, dont Bailhache, peuvent leur prendre la tête...*

Mais Pierre-Marie, lui, depuis deux jours ne vidait plus son plateau dans les toilettes. La nourriture qu'il ne consommait pas, il la cachait maintenant sous son lit entre le matelas de mousse ignifugée et les lattes de bois qui servaient de sommier.

Ce midi-là, Jacky, debout sur la table à la hauteur du gros, l'a vu faire. Le soir, après le dîner, le pointeur a recommencé devant l'ébahissement renouvelé de Coutances et l'indifférence complète de Kaczmarek qui, dans sa tête, lui, n'était déjà plus dans la cellule. En s'endormant, il oublia de dire : « Encore une qui finit. » Il préféra se rappeler quelques phrases écrites de chère Anne apprises par cœur : « Mes rideaux frémissent déjà, là où vous les froisserez un jour... Je vous attendrai toujours comme l'hiver attend la naissance des roses. »

Tout à l'heure, lorsqu'un surveillant a ouvert pour récupérer les plateaux du dîner, Popineau a demandé :

— Est-ce que je pourrais avoir des pilules laxatives, j'ai mal au ventre...

79

« Je suis petit, malingre, fourbe
et je ressemble à un rat. »

Anne Colas-Roquet fut admirative pour le courage de son correspondant et l'honnêteté de sa description à quelques jours de sa levée d'écrou. Cela lui donna d'autant plus envie de le rencontrer le vingt, zéro sept, à huit heures, d'aller l'attendre sous le drapeau tricolore.

Elle relut la lettre sèche qui n'indiquait que la date et l'heure de libération ainsi que ce court aveu sans doute fort difficile à écrire :

« Je suis petit, malingre, fourbe et je ressemble à un rat. »

Fallait-il qu'il ne croie en rien, qu'il soit sans illusions, cet ami lointain.

La maison d'Anne, solitaire ancienne bergerie, dominait une colline. Devant l'entrée, la prairie en pente avait été tondue par ses soins entre deux copies à corriger. Elle avait aussi taillé les haies, et là brûlait l'herbe en tas et les ronces. Les mûres, négligées par la correspondante, éclataient et tachaient la peau des doigts.

De ce grand brasier de Saint-Jean diurne montait une énorme colonne de fumée. En vagues verticales, elle ondulait, dissimulait en partie, dans le ciel bleu, la maison et le visage de chère Anne. Celle-ci tendit une main et jeta la lettre au feu. Le grand papier se tordit, noircit, rétrécit, fila comme un voleur entre les guirlandes incendiées et épineuses des fruits sauvages, disparut sur la braise dans un souffle. La femme élégante se retourna en robe. Des monts d'en face, on la vit gravir la colline vers sa maison. Sa silhouette était altière, aristocratique.

— *On la connaissait...,* me dit Benoît. *Elle avait déjà correspondu avec d'autres détenus de cette maison d'arrêt. Les anciens surveillants nous avaient parlé d'elle. Ils l'avaient vue une veille de Noël, où il y avait une grève des postes, apporter un colis pour un autre incarcéré... Lorsque arrivèrent plus tard les lettres pour Kaczmarek, on s'était demandé : Qu'est-ce qu'on fait ? On lui dit ou on lui dit pas au Hongrois... Et puis, connaissant ses tendances impulsives, on s'est dit : Non, on ne s'en mêle pas.*

— *De quoi tu parles, Benoît ?*

80.

Popineau avalait des dragées Fuca autant qu'on lui en avait donné, soulevait un angle de son matelas et récupérait dessous des aliments faisandés et des denrées périssables décomposées depuis plusieurs jours. De ses ongles très longs, il grattait les lattes du sommier, raclait des carottes râpées, aplaties et fleurissant de moisissures. Il se régalait du salpêtre des murs sous les canalisations qui gouttaient d'une eau croupie dont il se désaltérait.

Le marchand de farces et attrapes, en slip qui fut blanc, allongé sur le dos et ses grosses pattes en l'air, était recouvert de longs poils sombres sur les épaules et les jambes. Et là, il se délectait paresseusement des filaments du thalle et des champignons parasites des viandes, léchait la mousse étalée en taches veloutées des feuilles de salade qu'il grignotait comme des feuilles d'eucalyptus.

Il faisait sa bête.

81.

Quelques heures plus tard, un braqueur, qui avait explosé un fourgon de convoyeurs de fonds au lance-roquettes, sortit de la douche, ses vêtements sur le bras, aspergé de merde des épaules aux pieds. « Ne crie pas, c'est trop tard », quand il s'était retiré du pointeur, Popineau avait explosé d'une chiasse monumentale.

Deux jours plus tard, le tueur du buffet de la gare de Saint-Dié a voulu bouffer le cul du gros. Il a été déçu. Ça s'est vu à sa figure.

Pierre-Marie était devenu intouchable.

— Tripotez-moi les fesses si vous voulez, mais après, gare…

Ça s'est vite su parmi les fauves des cellules et la jungle des coursives que le pointeur avait le ventre pourri. Alors celui-ci allait maintenant à la douche en sifflotant et ballottant même, telle une allumeuse, de la croupe.

Surdoué pénitentiaire et grand amateur de bonnes blagues, il avait vite pris goût à la pourriture qui démolissait ses entrailles. Il mangeait avec les doigts des aliments datant d'une semaine tandis que ses cocellulaires, découpant la viande du jour avec un Bic muni d'une lame de rasoir, gueulaient – surtout Coutances :

— T'es un dégueulasse et ta barbaque faisandée coule sur mon lit. Tu pues et puis va te laver.

— Aller à la douche ? Moi, je veux bien, répondait le pointeur, les yeux paraissant maquillés, paupières noircies par la maladie intestinale.

En tout cas, grâce à un reportage animalier, il était devenu inenculable ! Comme quoi, c'est à tort qu'on discrédite trop souvent les méfaits supposés de la télévision.

82.

— *Quand tu dis : ils ont la télé, les gens, tout de suite, ils font : « Ils ont la télé ? » Alors, souvent, les gens, concernant la prison, ils ne voient qu'un truc : c'est répression. Et là, waouh, les vaches, ils ont la télé ? « Ben alors, ils sont heureux, ils ont tout ! » Toi, tu leur dis : « attends, ils sont là, vingt-quatre heures sur vingt-quatre pendant des années,* heu... » *Et nous, en définitive, depuis qu'ils ont la télé, ils sont beaucoup moins chiants. C'est beaucoup plus facile de faire notre métier depuis qu'ils ont la télé. La une, la deux, la trois... ce sont des chaînes qui les tiennent bien, ça. Mais c'est sûr que les anciens surveillants, au début, quand ils ont appris qu'il y aurait la télé en cellule, ont crié au scandale. Ils ont crié au scandale et finalement ils sont beaucoup plus contents parce que les détenus sont plus calmes. Je peux te dire qu'il y a eu des stats là-dessus. Avant, c'était trois coupés par jour qu'on avait ici. Des coupés, c'est-à-dire des gars qui se tailladent les veines mais pas profondément, rien du tout. Mais bon, le mec s'est tranché, alors le toubib est obligé de venir et après faut conduire le détenu chez le psychologue... Trois par jour, hein ! Eh bien, depuis qu'il y a la télé, on est descendus à un par mois. Tu te rends compte ?*

— *Un par mois, déçu par les programmes, c'est vrai que c'est pas énorme...*

— *Quand tu passes sur les coursives et que ça tape dans une porte, la réaction qu'on a, c'est : c'est un coupé ! On y va et un coupé, c'est pas grave, il y a le temps. Par contre, j'ai vu des coupés vraiment coupés et alors là, on se dit : hou, y a du boulot ! Alors ça speede un peu plus. Mais si c'est un coupé qui appelle au secours parce qu'il en a marre d'être en détention ou parce que sa copine vient de lui écrire qu'elle le larguait... Bon, là, c'est des coupés, on a le temps. Ça ne saigne pas tellement. Tu sais même que, juste en mettant un compressif dessus, ça va partir. Mais par contre, des fois, hé... Mais souvent, le gars qui va*

154

le faire vraiment, qui se coupe pour en finir, il ne tape pas dans la porte. Il le fait tranquillement dans son coin sans faire chier personne. Sauf que, des fois, ils se tranchent l'artère humérale ou fémorale et alors là, faut relaver toute la cellule. Je ne sais pas si c'est parce que les mecs sont sous pression, mais j'ai vu, moi, des jets de sang monter jusqu'au plafond.

Ça gouttait ensuite sur les casquettes des surveillants comme des cerises.

83.

Le lendemain fut le jour… le jour de sortie de Kaczmarek. Au bureau du greffe, sur un grand registre à petits carreaux, l'illettré signa sa levée d'écrou d'une croix. Jugeant que ça faisait trop imbécile, il fit un rond autour de la croix, il signa d'une cible, franchit vers le trottoir la petite porte bleue à l'intérieur du lourd portail blindé. Unique détenu à profiter ce jourlà d'une extraction pénitentiaire, il sortit seul. Aucune confusion avec un autre ne serait donc possible. Il sortit dans la rue sous l'œil cyclopéen d'une caméra de surveillance qui filtrait les entrées, guettait les tentatives d'attaque de la prison en vue d'une évasion.

Après quatre années d'emprisonnement, cet immigré de Budapest, orphelin d'une mère russe et d'un père d'origine polonaise, se retrouva sous le drapeau flottant de la France.

Il avança de deux pas vers le caniveau, un carton à la main retenu par une ficelle et aucun endroit au monde où se rendre si ce n'est chez Anne Colas-Roquet.

Mais elle n'était pas là. Huit heures, la rue était vide et des voitures garées. Entre l'Abribus et le cerisier poussé au milieu du goudron, il attendit tout d'abord une demi-heure.

Sur le trottoir d'en face, il vit un café nommé La Liberté. Il y serait bien entré, attendre là et boire un jus, mais il n'avait pas d'argent.

Un autocar arriva, s'arrêta devant la maison d'arrêt, et ses portes s'ouvrirent dans un grand souffle de soulagement. Quelques passagers, passagères, en descendirent, mais personne ne sembla remarquer le Hongrois si ce n'est le chauffeur qui, pensant qu'il voulait peut-être monter, l'interrogea du regard. Kaczmarek lui fit signe que non. Le bus repartit, enclenchant ses vitesses pénibles, et la rue fut à nouveau vide.

84.

Dans une petite voiture de ville aux vitres fumées, une femme regardait Sergueï. La voiture était garée sur le trottoir d'en face, devant le café La Liberté. Anne Colas-Roquet regardait son correspondant à qui elle avait écrit pendant quatre ans des lettres enflammées de désirs, à qui elle avait fait des serments et des promesses mais elle n'ouvrit pas la porte de son auto.

C'était impossible.

Chère Anne était affligée d'une malformation congénitale de la peau du visage. Elle avait trois taches de vin disposées d'une manière que vous aurez sans doute du mal à croire.

— *Et pourtant...*

Les trois macules pigmentaires étaient véritablement disposées ainsi : une barre oblique de la largeur de deux doigts allait de sa paupière inférieure droite au bord gauche de ses lèvres, recouvrant en diagonale le nez. À la base de cette barre, deux autres taches accolées et rondes de chaque côté. L'une sur la joue et l'autre sur le menton.

Si bien que, lorsqu'on la regardait de face, on avait l'impression qu'elle avait sur la figure l'empreinte d'une bite en érection et ses couilles.

L'empreinte d'une bite et ses couilles ! Comment voulez-vous vivre avec ça sur le visage ? Et l'ensemble était très rouge, par endroits d'un violet soutenu.

Un dieu de justice – un fou et taré étranglé par sa soie –, un soir de beuverie dans le cosmos, lui avait ainsi tamponné la gueule à la naissance. Censure : « Toi, l'amour t'est interdit. Tu ne vivras jamais rien avec personne. Aucune caresse ne te sera autorisée durant ta longue peine... »

Le tampon de l'administration des étoiles appliqué sur le visage d'Anne était sans recours. L'altération de la coloration cutanée était trop profonde, elle traversait les muscles et atteignait l'os. Aucun dermatologue n'a réussi à en effacer ni même à en atténuer l'intensité violente. Ce trouble de la pigmentation avait aussi profondément troublé la cervelle d'Anne malgré le fond de teint très théâtral que traversait quand même la tache.

Alors elle s'était comme envolée du genre humain, retirée dans une région dépeuplée où elle corrigeait par correspondance des devoirs d'élèves qui ne la voyaient jamais. Elle vivait, solitaire, en haut de sa colline et lorsque l'été, parfois, un randonneur grimpait pour y admirer le point de vue, pendant l'ascension de l'importun, Anne fermait sa porte à clé et tirait les volets. Dès lors, recluse de honte dans sa chambre, les lattes de bois parallèles ombraient son visage de manière carcérale. Souvent, elle éclatait, là, en larmes mais, à cause de la disposition de la tache pigmentaire, à chaque fois on eût dit que c'était l'empreinte phallique qui lui avait éjaculé dans l'œil. C'était drôle. Même ses spasmes rajoutaient du ridicule.

Ce qu'elle avait entendu, Anne ! Ce qu'elle avait entendu... les commentaires. Des mecs beaux comme des diables lui avaient un jour demandé : « Y a un Sioux qui s'est assis sur ta gueule ? La prochaine fois, tu lui diras de mettre un slip parce que là, il a déteint. » Ils avaient ri, l'avait montrée du doigt, bousculée aux épaules. « Mamadou, pose aussi ta queue sur la tête de madame pour qu'on voie laquelle des deux est la plus grande. »

Anne avait pris peur des hommes, comme elle en avait peur... Elle ne descendait plus en ville qu'avec un lourd pistolet à grenaille dans son sac à main tant elle craignait d'être encore agressée.

Un jour, dans sa voiture aux vitres fumées, tandis qu'elle rentrait chez elle, elle assista à un accident – un enfant à vélo renversé par une auto. Elle voulut descendre et témoigner mais referma aussitôt sa portière. Sur le lieu du drame, les curieux accourus, découvrant son visage, se seraient esclaffés.

Un tas de choses lui étaient censurées. Elle était prisonnière de son handicap.

La tumeur vasculaire faciale et singulière avait tuméfié ses rêves d'amour. C'est pour cette raison qu'elle n'a toujours eu comme amants improbables que des détenus durant le temps de leur incarcération. L'amour avec elle ne pouvait être qu'épistolaire. Ceux-ci, relisant ses lettres, se paluchaient rêvant d'elle comme s'ils lui caressaient la peau du visage. Mais à chaque fois qu'arrivés en fin de peine, ils la prévenaient de leur date d'extraction, elle n'allait jamais aux rendez-vous devant la prison.

Ce vingt juillet, elle avait osé le voyage parce que son correspondant s'était décrit laid. À son courrier, elle savait qu'il pouvait être tendre et émouvant (la lettre de Biche) alors elle l'avait aussi espéré particulièrement vilain. Il serait sorti, hideux, sur le trottoir. Elle aurait ouvert la portière de sa voiture, en serait descendue et, de l'autre côté de la chaussée, face à lui, sans maquillage, aurait écarté les bras : « Et voilà, je suis ça… – Moi aussi », aurait répondu l'autre à tête de rat. Et, ensemble, ils seraient partis partager leur disgrâce physique en haut de la colline d'Anne d'où ils auraient pu regarder le monde quand même heureux.

Elle regarda Sergueï si harmonieux, tellement émouvant, tellement perdu, paraissant si seul et se désespérant visiblement de l'attendre.

Elle resta dans sa voiture une heure à le regarder, à rêver d'une vie entière passée avec lui.

85.

Quatre ans auparavant, un vendredi fin d'après-midi, sur la rocade encombrée d'une grande ville de province, Sergueï était dans un véhicule utilitaire siglé au nom d'une célèbre chaîne de magasins qui vend et livre de l'électroménager.

La camionnette, très identifiable grâce à ses publicités sur toutes les faces, suivait le flot de la circulation sur la file de gauche.

Kaczmarck était assis à côté d'un gringalet qui conduisait. Celui-ci, chez la clientèle, s'occupait de la mise en marche des appareils tandis que le Hongrois prenait à sa charge et sur son dos une majeure partie du poids des cuisinières ou frigos. Coude à la portière, là, il regardait la circulation lorsque loin dans le rétro, très loin derrière, déboulant du centre-ville, une Peugeot immatriculée dans le Nord rejoignit aussi la rocade. À l'intérieur, un jeune type conduisait près d'une fille. Sur la banquette arrière, des vêtements de cérémonie étaient étalés surmontés d'un chapeau claque et d'une coiffure à voilette. Sur la plage arrière, une robe blanche soigneusement repliée dans une housse transparente provenait d'une boutique qui avait pour nom « Le plus beau jour de ma vie ».

Ils allaient se marier le lendemain samedi à Lille et là, le conducteur se dépêchait, espérant ne pas y arriver tard.

Le jeune mec, un peu sûr de lui, slalomait entre les voitures, déboîtait en permanence, klaxonnait, lançait des appels de phares en mâchant son chewing-gum, gênait tout le monde. Il se glissa dans les sillages dégagés par des ambulances, roula sur les bandes d'arrêt d'urgence. Il était assez chiant.

Ayant totalement traversé la chaussée de droite à gauche au gré des espaces qu'il imposait aux voitures, il se retrouva juste derrière le véhicule où était Kaczmarek. Considérant que celui-ci n'allait pas assez vite à son goût – laissait trop d'espace entre lui et la voiture qui le précédait selon sa loi propre –, le futur marié mais déjà chauffard colla la camionnette, tamponna même, de son pare-chocs avant, les portières arrière et publicitaires du véhicule utilitaire.

— Il est con, lui ou quoi ? demanda, le regard dans les rétroviseurs, l'installateur sentant les secousses d'autotamponneuses.

Profitant d'un espace libéré, le jeune Lillois exilé à Châtellerault déboîta pour aller faire une queue de poisson à la camionnette. Tandis qu'il dépassait, au Hongrois qui allait lui demander si ça allait bien la tête, l'autre répondit d'avance par un doigt d'honneur tendu.

— Rattrape-le, fit Kaczmarek.

Son voisin n'eut pas à écraser la pédale d'accélérateur car, feux arrière et warnings lancés, l'embouteillage se figea soudain en un bouchon pétillant. Kaczmarek descendit et fila à la voiture devant, balança des gifles et des beignes à la volée par la fenêtre ouverte de la portière du conducteur. Celui-ci écrasa le lève-vitre automatique. Risquant de se faire coincer les bras, Kaczmarek changea de méthode, et c'est du talon qu'il explosa la vitre et frappa des coups jetés et lancés dans la gueule du jeune conducteur. La tête de celui-ci partit dans tous les sens dans des bruits mats de viande. Le Hongrois démolit aussi la portière et la déboîta. Ce fut très rapide, cela saisit de stupéfaction les occupants des autres autos, et Kaczmarek tapa sur le capot : « Allez, file », puis il rejoignit le véhicule de livraison en riant tandis que la circulation reprenait.

Le jeune conducteur tenait son visage de la main gauche et retenait, du coude, sa portière qui menaçait de s'ouvrir. La fille s'était retournée vers le véhicule de l'agresseur.

Les deux qui allaient se marier quittèrent la rocade pour l'embranchement de l'A10. Sur l'autoroute, le jeune conducteur vit des lueurs vertes et rouges lui passer devant les yeux. Hémorragie interne et les bras soudain en coton, il perdit le contrôle du véhicule qui fit des tonneaux et il mourut. De la carcasse de la voiture, on retira la quasi jeune veuve, hémiplégique à vie.

Lorsqu'elle fut remise... je veux dire à demi remise, elle témoigna : « C'était un véhicule de... » Elle cita la célèbre chaîne de magasins et décrivit l'agresseur. Kaczmarek fut rapidement retrouvé. Les enquêteurs écoutèrent le témoignage du chauffeur puis les aveux circonstanciés de Kaczmarek qui ignorait la suite de la conséquence de ses actes. Quatre ans de prison qu'il encaissa, repenti mais assumant.

86.

Anne mit le contact, enclencha la marche arrière, recula devant le café ensoleillé, fit une manœuvre pour traverser la chaussée puis avança lentement le long de l'autre trottoir, s'arrêta devant Kaczmarek. Elle baissa la vitre fumée du côté passager tout en glissant une main dans son sac. Le Hongrois se pencha. Il lui fallut quelques fractions de seconde pour que ses pupilles s'adaptent à l'obscurité intérieure de l'auto.

Anne, elle, vit parfaitement, dans l'ouverture de la portière, pénétrer la belle gueule du détenu libéré, ses mèches blondes et ses yeux bleus. Comme il était beau… Ce type était pour Anne l'amour personnifié : la plus grande agression possible pour elle. Anne tira. De son lourd pistolet à grenaille, elle shoota l'amour à bout portant, le prit pour cible. Un bout d'épaule musclée du culturiste partit en éclats ainsi que le bas de sa mâchoire et un morceau de joue. Anne enclencha une vitesse et fuit. Kaczmarek tomba à genoux, une main vers l'épaule à demi arrachée et le bout de tête qu'il lui manquait.

Terminés la fonte qu'on soulève fièrement et le plaisir de s'admirer dans le miroir.

87

— Non, Mathilde ! Non, pas les pompons... Je ne mettrai pas de moufles avec des pompons à bientôt dix jours du mois d'août !

— Mais pourquoi, qu'est-ce que ça fait, les pompons ?

— Non, Mathilde... Je n'en veux pas, retire-les !

Dans la maison de fonction, où personne à cause des cris n'avait osé aller avertir le directeur du Hongrois retrouvé en sang sur le trottoir, la voix de Van der Beek s'élevait à dix heures du mat :

— Non, Mathilde !

Son chant mécontent, par les fenêtres ouvertes du salon, résonnait dans la cour d'honneur et se répercutait contre les façades de détention dont le bas était blanchi à la chaux vive. La voix rebondissait ensuite contre le mur d'enceinte où les coquillages se rétractèrent de surprise dans la gangue du Tertiaire.

— Non, Mathilde !

On eût cru que tout allait se fêler. C'était un souffle de stentor qui lui venait de très loin dans les bronches. Mathilde, qui avait fini de tricoter de jolies moufles, avait rajouté, au bout de fils de laine, des pompons multicolores pour décorer mais son mari n'en voulait pas :

— Non, Mathilde... Pas les pompons !

« Bouh... », en trottinant à petits pas d'eau bouillante, elle alla chialer dans les toilettes dont elle ferma la porte à clé :

— Tu n'aimes pas Christophe ni Lucien ! Tu ne veux pas qu'ils s'amusent avec leurs balles ! Les pauvres jumeaux, déjà qu'ils sont morts ! Si tu crois que c'est drôle pour eux...

— Mathilde...

Devant la layette de discorde, étiquetée des prénoms et jetée sur la nappe cirée de la salle à manger, le mari fit la respiration du petit chien – brefs coups saccadés –, puis respira longuement et il sortit dans l'été éblouissant en écharpe rose, bonnet bleu et paire de moufles jaunes d'où pendaient des pompons multicolores... On l'eût dit équipé pour un tour de luge.

À Benoît Beaupré qui le croisa ainsi et l'informa pour Kaczmarek, il répliqua : « Ça, c'est du civil, ça ne m'intéresse pas. » Décidément, de mauvaise humeur, il continua par : « Je me fous de ce qui se passe à l'extérieur ! J'ai largement assez de problèmes avec ce qui se passe à l'intérieur, croyez-moi ! » Tandis que sa voix vibrait, les pompons s'agitaient sous ses poignets comme des couilles de hérisson et il ne voulut pas en savoir plus, concernant le Hongrois, puisque ça s'était passé sur le trottoir.

Arrivé à son bureau et assis, coudes au sous-main, il joignit les paumes en position de prière et voulut tapoter le bout de ses doigts contre ses lèvres comme il faisait quand il avait un souci, mais ce n'était pas pratique à cause des moufles et des fils de laine qui, soutenant les pompons, s'emmêlaient, faisaient des nœuds autour de ses poignets.

— Raaah..., fit-il, agacé, comme menotté par la layette.

88.

Sinon, dans le reste de la prison, c'était normal.

Là où l'on ne sait plus ce que l'on est, dans cette oubliette, séparé des hommes par son crime, on est tellement coupé du monde qu'on se coupe soi-même. On se coupe peu à peu et on est dans un monastère. Le matin, le drap s'étale sur le lit et l'air glisse contre le mur. Le silence prend à la gorge et s'y noue. Boire ou manger, tu ne le fais pas trop vite, tu as tout le temps. Et des détails que tu n'aurais pas remarqués dehors, ici, deviennent des bonheurs insensés. Un rayon de soleil sur le front, un courant d'air lorsque le maton ouvre. Sortir de la douche comme propre. Glisser le mot W-C sous la porte et aller aux toilettes aussi fait du bien. S'allonger détendu en respirant à fond, écouter de la musique dans un Walkman, bavarder avec le voisin du pieu du dessus. Compter toutes les secondes dans le pire des mondes !

L'ombre des barreaux divise les crânes. Coutances, dans la cent huit, y avait les deux mains accrochées.

89.

— Comment ça, on va se marier, Elsa ?
— Et aussi avoir un enfant, Jacky !

— Un enfant ? Mais comment veux-tu qu'on s'y prenne, chérie ? répondit le triple meurtrier de l'autre côté de la cour et les mains aux barreaux.

— J'ai écrit au directeur pour lui demander.

— *Moi, je n'étais pas pour qu'ils se marient, me dit Leduc, parce qu'en fait, dans ces cas-là, pour éviter de faire entrer des gens dans la prison, ils prennent le personnel de surveillance comme témoins du mariage. Et moi, ben, j'avais pas envie de ça ! Je n'avais pas envie d'avoir mon nom sur leur livret de famille. Quelque part, pour moi, un mariage c'est important. Être témoin d'un mariage, c'est entrer dans la vie des personnes, c'est affectif, c'est sentimental, et moi, je ne voulais avoir ni de rapports affectifs ni sentimentaux pour ces deux-là.*

— *Mais c'est possible ça, que deux détenus qui se parlent aux fenêtres se marient en prison ?*

— *Ça arrive. C'est arrivé, me dit Beaupré. Et parfois, même, c'est drôle. Je me souviens d'une fois où l'un des deux était carrément moche et l'autre avait été assez scotché : « Si je l'avais vu avant, je ne l'aurais pas épousé. » Ils ont divorcé très peu de temps après avoir été libérés tous les deux.*

— *Et un enfant ? On peut faire un enfant dans une prison ?*

— *Ah non, là je ne crois pas !* s'exclame Leduc, *faut pas exagérer. On ne se reproduit pas dans une maison d'arrêt. Dans une maison d'arrêt, tout s'arrête. Je n'ai jamais eu connaissance de cas de ce*

167

genre. Ou alors ce serait une insémination artifi-
cielle et il aurait fallu que Lemonnier sorte...

— *Et moi,* dit Beaupré, *je ne me serais pas vu*
non plus, avec une éprouvette, aller recueillir le
sperme de Coutances en cellule. Ça aurait vrai-
ment été la faveur des faveurs et aucun de ces
deux-là n'avait agi en sorte de la susciter. Même
pour leur mariage, ça n'aurait pas été possible. On
leur aurait créé les pires difficultés, et l'adminis-
tration pénitentiaire sait admirablement
compliquer les choses quand elle le désire. Mais
sinon, oui, les mariages, ça arrive... Un officier
d'état civil vient – un adjoint au maire de la ville.
Il dicte les engagements des époux, reçoit leur
consentement mutuel et c'est la cérémonie, parfois
dans la cour de promenade. Et c'est d'ailleurs
assez surréaliste, une femme en robe de mariée et
bouquet de fleurs dans les bras entourée de deux
matons face à un mur de détention. Quand ça arri-
vait, Van der Beek venait prendre des photos pour
sa collection.

Tous ces salamalecs de mariage le concernant,
Coutances n'y croyait plus. Il savait que la suite était
inéluctable. Il partirait en centrale. Il passait d'un
extrême à l'autre. Il disait : « J'en sortirai complètement cassé. » Il sortira, oui, mais dans perpète, trente
ans. Il sortira, mais dans quel état ? Tous, sauf les
durs de durs, sortent complètement cassés. « J'espère
que je vais réussir à prouver mon innocence... que
j'aurai une conditionnelle ou une semi-liberté. »

— Et puis qu'on aura un enfant ! dit Elsa.

90.

Le lendemain fut mémorable. Lorsque Lemonnier est descendue en promenade, au centre de la cour, elle a soudain relevé sa jupe, baissé sa culotte et crié, tête levée, à la façade des hommes :

— Jacky, jouis ! Jouis vite par la fenêtre, mon amour, jouis !

Coutances, surpris, en bondit sur la table tel un rongeur :

— Que se passe-t-il, Elsa ?

— Jouis, mon amour ! Je suis en bas, jouis vite, je t'en prie !

Ne comprenant qu'en partie la situation, Coutances s'accrocha d'un bras et des jambes aux barreaux de la fenêtre ouverte et, froc défait entravant ses chevilles, se mit à se branler tel un dément.

— Je te bouffe les couilles et te tète la queue ! criait l'autre dans la cour pour l'exciter.

« Mais tu fermes ta gueule, toi en bas, espèce de chaude-du-cul ! » gueulaient les hommes aux fenêtres. À la façade d'en face, les femmes se sont mises à ouvrir leurs chemisiers. Et tout devint dingue.

Coutances éjacula à travers les barreaux, jouit lourdement et en tomba de même sur la petite table qui se renversa avec fracas. Popineau, qui se lavait les mains, se retourna. Bailhache ouvrit la porte de la cellule. Découvrant Barbe-Bleue au sol et pantalon baissé, il crut que le pointeur l'avait enculé.

— Ben alors, Popineau, on se venge ?

Il n'eut pas de réponse car on l'appelait en bas.

Dans la cour de promenade, Lemonnier, ayant à peu près situé la fenêtre de Coutances, avait guetté la chute de son sperme.

Celui-ci avait vite filé d'entre les barreaux comme un crachat étincelant dans le ciel bleu. Tombé dans la cour, la monstre y trempa aussitôt ses doigts qu'elle glissa illico, tachés aussi de terre et de débris de gravier, dans son sexe au plus profond de son vagin. Insémination artificielle ! Les surveillantes, dont Leduc, qui voulurent l'en empêcher, firent rouler la bille de leurs sifflets à tue-tête tandis que Bailhache, accompagné de trois gars, franchissait la porte blindée des hommes donnant aussi sur la cour de promenade.

Il s'ensuivit une bagarre. Lemonnier se débattait, donnait des pieds, des poings, griffait, mordait, réussit à s'enfuir. Tandis que les surveillants essayaient de la rattraper, les hommes des cellules, à tous les étages, excités par les cris, se branlèrent aussi aux fenêtres. Deux cents hommes qui se branlent en même temps, c'est une pluie. Les adolescents s'en mêlèrent. Les gouttelettes lumineuses tombaient sur les casquettes du personnel de surveillance.

Les femmes d'en face les énervaient, montrant leurs seins, agitant leur langue dans leurs bouches ouvertes. Certaines, les plus agiles, portées par d'autres à bout de bras, faisaient le grand écart aux fenêtres, tiraient leur culotte sur un côté et laissaient admirer des sexes de corail à tous ces mâles qui en étaient punis aussi. Alors ça tapait dans toutes les portes et tous les barreaux de tous les bâtiments de détention.

Au petit quartier des femmes, seule Rose Allain ne se mêla pas à ce cirque. Profitant de la porte laissée ouverte du QF, Cyril Cambusat y pénétra, utilisa son passe (le même que celui des femmes) et ouvrit la cellule deux cent neuf.

— *Ce qui est interdit...*

Là, il prit le visage de la petite Rose entre ses mains, caressa ses cheveux blonds et lui demanda :

— Ça va ? Vous n'avez pas trop peur ? Ne vous inquiétez pas, ça arrive parfois et puis après, ça se calme.

— Tu es gentil.

Les pupilles de Rose étaient très dilatées. Cyril redescendit pour se mêler à la chasse à la Lemonnier, mais celle-ci avait déjà été rattrapée.

— Cette fois-ci, pas de rémission ni de discussion, s'exclama Bailhache époussetant les coudes de son uniforme aussi taché de sperme. Foutez-moi cette dégueulasserie au mitard ! Quarante-cinq jours !

Coutances, les mains aux barreaux, entendit cela.

Deux hommes tenaient, à deux mains, chacun une jambe de Lemonnier. Deux femmes s'occupaient chacune d'un bras. Et c'est ainsi qu'ils la portèrent vers l'accès au mitard.

La détenue se débattait du dos et des hanches alors sa jupe glissa jusqu'à son ventre, découvrant ses cuisses et son sexe. En franchissant la porte du mitard, elle hurla, arc-boutant ses reins :

— Il sera grand et blond comme toi ! Et il aura les yeux bleus !

Ce fut la dernière fois que le rat debout près de son lit l'entendit et il le savait. La porte de la cellule s'ouvrit, et Bailhache y entra :

— Bon, qu'est-ce que c'est que ce bordel, là aussi ? Et cette table, pourquoi elle est bancale maintenant ? Qui va payer les réparations ? Je vous préviens, ce sera déduit de votre crédit de cantine !

Le bricard se retourna pour partir. Coutances lui planta une paire de ciseaux dans le dos jusqu'au bout des lames. Bailhache fut conduit à l'hôpital pour perforation d'un poumon. Coutances fut évacué le soir même en centrale.

91.

— *Ils n'ont pas eu le temps de se dire au revoir...*

Leduc, qui faisait partie du convoi ayant descendu Lemonnier à la cave, se souvient encore d'elle, balancée sans chaussures sur la terre battue du mitard. Ce sont là des cellules sans lumière du jour ni meubles, juste des toilettes à la turque creusées dans le sol. Le soir, on y jette un matelas de mousse qu'on reprend le lendemain matin. Sur un mur, gratté aux ongles, un dicton de taulard : « Amours de prison, amours bidon ». Les portes ici sont remplacées par des grilles ressemblant à celles des zoos. On y est complètement à l'isolement. C'est la torture blanche. Je ne sais pas comment il est possible de tenir quarante-cinq jours dans un endroit pareil.

Après l'avoir encagée là, lorsque les surveillants sont repartis éteignant toutes les lumières, Lemonnier a tendu un bras à travers la grille :

— De toute façon, vous pouvez bien me faire ce que vous voulez, vous ne me ferez jamais pire que ce que m'a fait mon père !

— *Elle pleurait ?*

— *Non, elle disait : « Mes larmes, je les change en haine. »*

— *Quand elle a appris que Coutances était parti, ça a dû donner...*

— *Pas du tout, elle est même restée assez passive. Son amour est éternel alors qu'il soit là ou pas, c'est la même chose. Elle le retrouvera. Elle veut y croire. Quand elle aura fait son temps, elle ira le voir au parloir.*

— *L'insémination artificielle a marché ? Elle a eu un enfant ?*

— *Bien sûr que non, elle a juste eu une infection vaginale qu'il a fallu soigner aux antibiotiques. Au bout du compte, moi, ça m'avait émue ce qu'elle avait fait dans la cour et aujourd'hui, j'ai changé d'avis sur elle. Je crois qu'en fait, elle s'en sortait par sa méchanceté mais qu'affectivement, elle était hyperfragile. Elle aurait fait n'importe quoi à partir du moment où on lui disait qu'on l'aimait. Mais c'est vrai que la mettre dehors serait imprudent. Elle y ferait encore beaucoup de dégâts...*

Lorsque Coutances fut évacué de la maison d'arrêt, il avait dit à Beaupré :

— Vous l'embrasserez pour moi. Parce que, quand même, c'est une chic fille.

— Une chic fille... Oui, je sais, ça fait sourire...

92.

Corinne Lemonnier, alias Elsa, ne s'était pas toujours conduite comme une chic fille.

Vivant dans un terrain vague de la banlieue de Châteauroux avec des Gitans sédentarisés, elle avait un ami manouche pour qui elle aurait fait n'importe quoi.

N'importe quoi, elle l'a fait ! Sa sœur habitant à côté dans une caravane mise sur cales, lorsque celle-ci allait vendre des paniers d'osier devant les supermarchés, Corinne venait chercher les trois enfants de sa sœur pour les livrer à son ami.

Et c'est elle qui les attachait, les tenait pendant que son mec s'enfonçait dans les enfants. Le plus grand avait huit ans, la plus petite quatre mois. Pas d'erreur de frappe, vous avez lu « quatre mois ».

— Séquelles irréversibles ! avaient répondu les psychiatres.

L'horreur point barre, barreaux pour les deux placés dans deux maisons d'arrêt différentes. Complicité et non-dénonciation de personnes en danger, Lemonnier se prendra quatorze ans... Ça étourdit.

93.

Huit ans ! Les assises seront plus clémentes pour Popineau qui n'avait pas encore été jugé à ce moment de l'histoire. Elles prendront en compte son âge avancé – soixante-deux ans.

Mais l'avocat du gros, en visite au parloir, lui avait déjà prédit un transfert à Casabianca en Corse, en pleine nature, ou bien à Maussac en Corrèze – centres de détention réservés aux délinquants sexuels. Les grands criminels vont en centrale de sûreté à Châteauroux, au pénitencier de l'île de Ré, à Muret près de Toulouse... À Clairvaux, ce sont surtout les braqueurs.

Les belles-filles du pointeur étant aussi ses victimes, il ne devait pas trop compter sur elles pour lui envoyer de l'argent ou des colis afin de faciliter sa détention. Pendant une quasi-décade, il allait lui falloir se démerder tout seul, profiter de tout pour améliorer son ordinaire.

Profiter de tout... Profitant du fait que, lors de son départ précipité, Coutances n'avait pas rendu son toto cantinable, Popineau l'utilisa.

Au bout d'un fil électrique, un toto (thermoplongeur) est une résistance qu'on plonge dans une casserole et ça chauffe l'eau.

Profiter de tout... Profitant du fait que Kaczmarek lui avait offert des pâtes-alphabet, Popineau plongea les pâtes dans l'eau.

Puis il découvrit deux sachets vides en plastique transparent laissés par Jacky, près d'un marqueur, sur son lit.

Pierre-Marie les regarda.

94.

Rose était dans la cour de promenade sous le ciel bleu. À l'écart de ses copénitentiaires, elle semblait ne plus voir personne, déambulait à l'angle de deux murs, se penchait régulièrement vers le sol puis portait les doigts à sa bouche.

Un psychiatre, ordre de misssion entre les mains, quittant la détention des femmes, pénétra dans la cour. Porte vitrée et grillagée dans son dos, il observa la petite blonde de l'autre côté puis alla jusqu'à elle et lui demanda :

— Comment allez-vous ?

— Bien, ma foi, ça va...

Rose avait répondu machinalement sans prêter plus d'attention à son interlocuteur ni même le regarder. Elle préférait scruter le sol et parfois se penchait, recueillait et ingurgitait des graviers. Elle mangeait des cailloux.

— On trouve n'importe quoi dans les détenus. On appelle ça : ingestion de corps étrangers. Au

mess du personnel, dans une armoire, on a même
fait une vitrine de musée avec tout ce qu'on a pu
récupérer. Il y a un gars, un jour, qui avait avalé
un cintre. Il l'avait replié et avalé et tu sais ce qui
s'est passé ? Eh bien, le cintre, il s'est ouvert, il a
fait ressort quoi, dans l'estomac. Ça avait drôle-
ment changé la silhouette du gars. Il a fallu
l'opérer. Quand ils picorent trop, qu'ils font trop la
poule, on les met à part et on suit les trucs
absorbés pour voir si ça part par les voies natu-
relles. Ils avalent des bouts de fourchettes, des
lames de rasoir...

95.

On trouvait aussi n'importe quoi dans les pâtes de
Kaczmarek. De l'autre côté de l'œilleton de la cent
huit, aux portes du délire, Popineau s'astiquait mélan-
coliquement – sexe sombre, tour à tour plongé dans
chacun des deux sachets en plastique de Coutances
emplis des pâtes de Kaczmarek.

Denise et Chantal ! Sur chacun des deux sachets, il
avait écrit au marqueur le prénom d'une de ses belles-
filles et dedans s'y branlait avec tendresse, étranglant
le col des sacs :

— Mes chères petites..., disait-il dans la nouvelle
solitude de sa cellule, comme je vous aime. Ah,
comme vous êtes encore chaudes...

Sous le plastique transparent, le va-et-vient de sa
queue tourneboulait les pâtes-alphabet qui formaient

en surface d'autres phrases vraisemblablement répréhensibles.

Au président qui plus tard lui fera la leçon au tribunal, l'impassible Popineau répondra : « C'est facile de me reprocher des penchants que vous n'avez pas, monsieur le juge. Mais quand on les a ? C'est facile de reprocher aux gens de trop manger quand on n'a pas d'appétit. »

Lui, de l'appétit pour Denise et Chantal, il en avait encore. Il l'exprimait dans le chantier de nouilles en mouvement créé par sa verge. Et les phrases funambules et hasardeuses continuaient à se former, à défiler contre la paroi transparente. C'était des phrases d'amour incompréhensibles et imprononçables. Les lettres s'y renversaient ou se retournaient, formaient une langue étrange. Était-ce du hongrois ?

96.

Quelques jours plus tard, au mess des surveillants, on avait sorti, dans le cloître à ciel ouvert de cet ancien monastère devenu prison, des planches et des tréteaux. On en confectionna des tables qui furent ensuite recouvertes de papier blanc gaufré pour le déjeuner du personnel sous le soleil.

Les tables étaient disposées autour d'un bassin circulaire en pierre – ancien lavoir qu'utilisaient autrefois les chartreux. Mais là, dans la fontaine emplie d'eau, plus de soutane, aube ou robe de bure à flotter, mais des truites piégées qui, nerveuses, démarraient et filaient comme des voleuses sitôt qu'on les approchait.

Les surveillants hommes et femmes, en riant, les pêchaient à l'épuisette puis, à peine vidées, les jetaient encore quasi vives sur le gril d'un barbecue. Les reflets arc-en-ciel irisés de leurs écailles devenaient ternes comme la peau des détenus. Mais c'est ainsi, qu'entourées d'amandes, elles étaient délicieuses aux papilles des matons.

Tout le monde était plutôt de bonne humeur. Le directeur était venu déjeuner avec le personnel. C'était vraiment une belle journée. Un goût de vacances flottait dans l'air de ce cloître serti de colonnades.

Cyril parlait, attablé avec Leduc, tout heureux encore qu'il était de ce que le directeur lui avait annoncé le matin même dans son bureau. À savoir que, concernant Rose, il avait personnellement contacté le juge d'application des peines, avancé ses arguments et ceux du psychiatre en vue d'une demande de mise en liberté immédiate. Le juge avait cinq jours pour prendre une décision. Au-delà, la maison d'arrêt recevra une ordonnance de refus, mais le directeur ne pensait pas qu'il y aurait de refus.

— Avant la fin de la semaine, peut-être demain, moi, je vous prédis qu'elle sera libre.

— Merci. Merci, monsieur le directeur.

Cyril allait quitter le bureau quand Van der Beek l'appela :

— Cambusat !

— Oui, monsieur le directeur ?

— J'aurais aimé vous avoir pour fils.

C'était vraiment une belle journée. Beaupré, sous l'œil indulgent de Van der Beek, racontait comment, parfois, il annonçait aux détenus la fin de promenade et le retour aux cellules :

— J'essaie de mettre une pointe d'humour. Je dis : « Allons messieurs, le temps de plage est terminé » ou alors : « Allez, on remonte dans les duplex ».

Les surveillants riaient. Leduc, main devant la bouche, s'esclaffait. Un indéfectible bonheur régnait dans l'air d'autant plus que Mathilde arriva bientôt dans le cloître et courut vers son mari en s'exclamant :

— Chéri, chéri ! Ça y est, je suis enceinte !

— Non ! C'est pas possible !

— Je te jure. Je viens de passer mon test. Et je crois que ce sera un garçon. Regarde, j'ai acheté de la laine bleue.

Au mari qui, emmailloté de layette des poignets à la gorge en passant par la tête, allait se lever pour partir avec sa femme, celle-ci dit : « Mais non, chéri, reste avec tes amis ! Tiens, je vais m'asseoir sur le banc près de toi et commencer à tricoter. Mais d'abord, laisse-moi te préparer ton poisson parce que t'as l'air empoté avec tes moufles. Tu te rends compte, Denis, nous allons avoir un enfant ! » À une surveillante qui proposa une truite à Mathilde, celle-ci répondit : « Non merci. » Il s'ensuivit autour des tables une discussion animée quant au choix des prénoms. Chacun y allant de son anecdote ou de sa préférence. Denis proposa « Cyril ». Mais au dessert, Mathilde, qui avait tricoté pendant tout le repas, prit les mesures sur son mari ce qui n'était pas bon signe.

De Carvalho, qui feuilletait le quotidien local, s'exclama :

— Vous avez vu le journal ? La métisse qui est partie de chez nous avec un barreau a été assassinée hier dans un terrain vague. On n'a pas retrouvé le coupable.

— C'est moi, dit Mathilde.

Tous les couverts tombèrent ensemble dans les assiettes comme si c'étaient tous les barreaux de la prison qui s'effondraient dans la vaisselle.

97.

Anne était derrière sa maison sur la colline. Les doigts croisés dans le dos, elle regardait le soleil couchant. Celui-ci, à contre-jour, traversait sa robe légère, mettant en évidence la longue silhouette de ses jambes.

Encore très au-dessus de l'horizon, le soleil éclairait aussi les nuages de teintes rouges. Ces taches évoluaient sur la peau du ciel, prenaient dans l'azur des formes et des aspects mouvants. Là-bas, ce grand cumulus s'élevant était une tête de cheval à la crinière de stratus. Tel autre, plus ramassé, un taureau d'arène. Deux cornes s'étirèrent quand il fut transpercé par un rayon de soleil puis disparut pour se métamorphoser en un aigle. Toutes ces formes écarlates et lentes. Le ciel était antique et magnifique. Deux gendarmes, de l'autre côté, grimpèrent la colline. Arrivés en haut, ils contournèrent la bergerie :

— Mademoiselle Anne Colas-Roquet ?

Elle se retourna vers eux, une bite sur le visage.

98.

Van der Beek retira son bonnet et passa une main sur son crâne nu. Assis à son bureau, homme seul face à ses abîmes, il regarda la fenêtre ouverte dont les rideaux avaient aussi été tirés afin de profiter un peu de la fraîcheur du soir. Les voilages de chaque côté, paraissant décharnés, pendaient comme des bras ballants. À la fenêtre du directeur, la nuit semblait d'autant plus grande qu'il y manquait un barreau. Barreau devenu l'arme d'un crime, et c'était sa femme qui l'avait tenu. La nuit était un trou noir – une compression de l'univers qui tassait aussi la respiration de Denis. Sans beaucoup de forces non plus dans les jambes, il se leva pour aller regarder la cour d'honneur. La maison de fonction était éteinte et Mathilde, en garde à vue. Au juge d'instruction, elle avait expliqué : « Je ne supportais pas le crime de cette femme. En allant au square, je l'ai vue en ville. J'ai attendu puis l'ai suivie jusqu'à un terrain vague. Et là, je l'ai frappée avec son barreau autant que j'ai pu. Je l'ai frappée de tout mon cœur. »

99.

Le lendemain matin, avant huit heures, Van der Beek, emmitouflé de layette, attendait dans la cour d'honneur.

Bientôt, les portes bleues et blindées de la maison d'arrêt s'ouvrirent et un fourgon cellulaire vint se garer sur les pavés près du bâtiment administratif. Deux gendarmes descendirent du véhicule. L'un d'eux donna un dossier à Leduc. L'autre tira la porte coulissante du panier à salade. Van der Beek s'en approcha.

Sur une banquette de bois verni, sa femme menottée était assise dans le fourgon comme inconsciente ou idiote. Denis lui tendit une main où pendait un pompon :

— Viens, Mathilde...

— Rose, tu es libre.

Cyril avait demandé au directeur l'autorisation de procéder lui-même à la levée d'écrou de la jeune toxico blonde. Van der Beek avait répondu : « Oui, bien sûr » d'une voix plate.

Rose n'ayant plus d'appartement et jamais parlé de sa famille, plutôt que d'attendre que les services sociaux lui trouvent une place dans un foyer, Cyril avait proposé de l'héberger chez lui. Sur la coursive, il lui donna un double de ses clés personnelles, l'adresse et l'étage de l'HLM où il logeait.

Mathilde et Rose se croisèrent au bureau du greffe. L'une posa ses empreintes et reçut un numéro d'écrou tandis que l'autre signait son extraction sur un registre. Le directeur et le surveillant se regardèrent.

Étant ce jour-là du matin, Cambusat quitta son service en début d'après-midi. Arrivé chez lui, il découvrit que son appartement avait été vidé. Plus de chaîne hi-fi ni de télé, les tiroirs renversés... Au miroir du salon, une inscription écrite au rouge à lèvres : « Connard de maton ».

Le soir, lorsqu'il reprit son service à la prison, il alla au quartier des femmes, retira sa ceinture et se pendit devant la cellule de Rose.

— Dans une poche de son uniforme de gardien de prison, il y avait une lettre, pliée en quatre, qui disait : « Rose, c'est toi que j'avais choisie, tu étais la femme de ma vie. Je t'avais tellement attendue et puis tu es venue. Je voulais juste te dire que c'était toi seule qui comptais pour moi. »

100.

Quelques nuits plus tard, Van der Beek faisait son tour de ronde, suivait la façade intérieure du mur d'enceinte garni de coquillages. Il contourna la tour du mirador au toit en plastique ondulé vert. À son sommet, un surveillant guettait près d'un fusil à pompe. Un lourd projecteur balayait d'une lumière jaune et régulière les différentes cours, y faisait des huit puis longeait les murs de détention, une fois dans un sens, une fois dans l'autre. La lumière, en passant, étirait l'ombre des barreaux dans les cellules. Denis marchait, équipé de layette et aussi en babouches brodées :

Pa, pa… Pa, pa…, claquaient mollement, sans plus y croire, les semelles à ses talons las.

Dans une cellule du rez-de-chaussée, sa femme l'écouta passer. Pa, pa… Sur sa couchette, les bras le long du corps, elle avait les yeux grands ouverts et regardait le plafond. L'ombre de son mari y tourna ainsi que sur les murs. Une larme roula sur une joue de Mathilde – petite étoile stérile et perdue.

Sous une nébuleuse en expansion, dans le cloître à ciel ouvert du mess du personnel de surveillance, assis sur le rebord en pierre du lavoir, Leduc et Beaupré se tenaient la main.

Lorsque en murmurant, ils évoquèrent Cambusat (« Il était gentil. – Oui »), leurs doigts emmêlés se serrèrent… Entourés par les fines arcades du cloître, ils regardaient les étoiles, entendirent les cris et les cauchemars de Lemonnier à la cave. Tous les deux, côte à côte et d'astreinte cette nuit-là, étaient comme deux enfants ayant définitivement peur du noir.

Rage de vivre

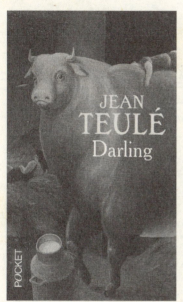

(Pocket n° 10675)

Elle voulait qu'on l'appelle
« Darling ».
Elle y tenait !
Pour oublier les coups
reçus depuis l'enfance, les
rebuffades et les insultes,
pour effacer les cicatrices
et atténuer la morsure des
cauchemars qui la hantent.
Elle voulait que les autres
entendent, au moins une
fois dans leur existence,
la voix de toutes les
« Darling » du monde.
Elle a rencontré
Jean Teulé.
Il l'a écoutée et lui a
écrit ce roman.

Il y a toujours un Pocket à découvrir

« Mort ou remboursé »

(Pocket n° 13546)

Vous avez raté votre vie ?
Avec nous, vous réussirez
votre mort !

Imaginez un magasin où
l'on vend depuis dix
générations tous les
ingrédients possibles pour
se suicider. Cette petite
entreprise familiale
prospère dans la tristesse
et l'humeur sombre,
jusqu'au jour où surgit
un adversaire impitoyable :
la joie de vivre...

Il y a toujours un Pocket à découvrir

Chronique d'une hystérie collective…

(Pocket n° 14231)

Le mardi 16 août 1870, Alain de Monéys sort du domicile de ses parents pour se rendre à la foire de Hautefaye, le village voisin. Il arrive à destination à quatorze heures.
Deux heures plus tard, la foule devenue folle l'aura lynché, torturé, brûlé vif et même mangé.
Pourquoi une telle horreur est-elle possible ?
Comment une foule paisible peut-elle être saisie en quelques minutes par une frénésie aussi barbare ?
Ce calvaire raconté étape par étape constitue l'une des anecdotes les plus honteuses de l'histoire du XIXe siècle en France.

Il y a toujours un Pocket à découvrir

Imprimé en France par

à La Flèche (Sarthe)
en février 2011

POCKET – 12, avenue d'Italie - 75627 Paris cedex 13

N° d'impression : 62787
Dépôt légal : mars 2011
S17925/01